Die Pfadfinderin

Paul Heyse

Impressum

Autor: Paul Heyse
Umschlagkonzept: toepferschumann, Berlin

Verlag: tredition GmbH, Hamburg
ISBN: 978-3-8424-0596-7
Printed in Germany

Tucholsky Wagner Zola Scott Sydow Freud Schlegel
Turgenev Fonatne
Wallace
Twain Walther von der Vogelweide Fouqué Friedrich II. von Preußen
Weber Freiligrath
Kant Ernst Frey
Fechner Fichte Weiße Rose von Fallersleben Richthofen Frommel
Hölderlin
Engels Fielding Eichendorff Tacitus Dumas
Fehrs Faber Flaubert
Eliasberg Ebner Eschenbach
Feuerbach Maximilian I. von Habsburg Fock Eliot Zweig
Ewald Vergil
Goethe Elisabeth von Österreich London
Mendelssohn Balzac Shakespeare
Lichtenberg Rathenau Dostojewski Ganghofer
Trackl Stevenson Doyle Gjellerup
Mommsen Tolstoi Hambruch
Thoma Lenz Hanrieder Droste-Hülshoff
Dach Verne von Arnim Hägele Hauff Humboldt
Reuter Rousseau Hagen Hauptmann
Karrillon Garschin Gautier
Defoe Hebbel Baudelaire
Damaschke Descartes
Hegel Kussmaul Herder
Wolfram von Eschenbach Dickens Schopenhauer
Bronner Darwin Melville Grimm Jerome Rilke George
Campe Horváth Aristoteles Bebel Proust
Bismarck Vigny Barlach Voltaire Federer Herodot
Gengenbach Heine
Storm Casanova Tersteegen Gilm Grillparzer Georgy
Chamberlain Lessing Langbein Gryphius
Brentano Lafontaine
Strachwitz Claudius Schiller Kralik Iffland Sokrates
Katharina II. von Rußland Bellamy Schilling
Gerstäcker Raabe Gibbon Tschechow
Löns Hesse Hoffmann Gogol Wilde Vulpius
Luther Heym Hofmannsthal Klee Hölty Morgenstern Gleim
Roth Heyse Klopstock Kleist Goedicke
Luxemburg Puschkin Homer
La Roche Horaz Mörike
Machiavelli Musil
Navarra Aurel Musset Kierkegaard Kraft Kraus
Nestroy Marie de France Lamprecht Kind Kirchhoff Hugo Moltke
Nietzsche Nansen Laotse Ipsen Liebknecht
Marx Lassalle Gorki Ringelnatz
von Ossietzky Klett Leibniz
May vom Stein Lawrence Irving
Petalozzi
Platon Knigge
Sachs Poe Pückler Michelangelo Kock Kafka
Liebermann Korolenko
de Sade Praetorius Mistral Zetkin

Text der Originalausgabe

Paul Heyse

Die Pfadfinderin

(1870)

Ich war den ganzen Tag einfach durch die langgestreckten Thäler gewandert, unter einem verdrossenen, bleifarbenen Herbsthimmel, zwischen dunklen, unabsehlichen Fichtenwäldern, in denen sich wenig Lebendiges regte, als hie und da ein paar schweigsame alte Leute an einem Kohlenmeiler, oder Holzknechte, die das Flößergeschäft besorgten und ebenfalls nicht redselig aufgelegt waren. Auch der Fluß, der mich Anfangs mit munterm Rauschen begleitet hatte, floß endlich träger und mürrischer, als habe er gemerkt, daß wir Zwei uns nicht verständigen konnten. So war ich froh, als er gegen Abend eine starke Biegung machte und in einen weiten, lachenden Thalgrund einlenkte, wo links und rechts auf den Hängen, die in breiten Stufen hinanstiegen, helle Laubbäume im letzten Tageslichte standen und kleine Gehöfte überall zerstreut aus den Wiesen hervorsahen. Tiefer hinab schien ein großes Dorf sich um einen alten Herrensitz zu lagern, aber so von den Wipfeln der Kastanien- und Nußbäume überragt, daß selbst der Kirchthurm dahinter verschwand. Die Luft, die in der feuchten Enge der Schlucht beklommen und streng gewesen war, milderte sich hier plötzlich. Es wurde mir auf einmal leicht ums Herz, und ich stand unwillkürlich still, um all das Erfreuliche, das da vor mir ausgebreitet war, erst im Ganzen zu genießen, eh' ich es Stück für Stück in Besitz nahm.

Zur Linken, etwa dreißig Schritt von der Stelle, wo der Fluß sich wendet, lag eine große Schneidemühle, der gegenüber sich ein Häuschen befand, etwas größer und schmucker als die gewöhnlichen Bauernhäuser, zumal durch einen Blumen- und Obstgarten verschönt, wie er in diesen Gegenden nicht häufig gefunden wird. Zwischen Haus und Mühle lief die Landstraße durch, und von der Mühle aus führte ein hoher Steg auf das andere Ufer, wo große Holzvorräthe, schon geschnittene Stämme und Flößholz, sehr ordentlich bei einander aufgeschichtet lagen. Die Räder schienen vor Kurzem gestellt zu sein, vom Dorf herauf läutete das Avemaria und aus dem untern Geschoß des Hauses drang ein Summen und Murmeln, wie wenn dort viele versammelte Menschen vor dem Nachtessen das übliche Gebet hersagten.

Indem ich so in Sehen und Hören versunken eine Weile rastete, in jener angenehmen Betäubung, in der sich nach langer Anstrengung die Sinne zu sammeln und auszuruhen pflegen, fühlte ich plötzlich einen herzhaften Schlag auf meine Schulter und sah, mich erstaunt umwendend, einem alten Bekannten ins Gesicht, der mir freilich schon lange aus der Kunde gekommen war. Und da ich ihn überdies nie in solchem Aufzug gesehen hatte, wie er hier, gleichsam aus dem Boden gewachsen und dazu gehörig, sich darstellte, brauchte ich einige Secunden, bis mir sein Name von den Lippen sprang und meine Hand sich mit der seinigen in einem freundschaftlichen Druck begegnete.

Vor mehr als zehn Jahren hatten wir uns häufig gesehen, manche Stunde mit einander verschwatzt, über lustige und ernsthafte Dinge unsere Meinungen getauscht und, da wir sehr verschiedene Künste trieben, Jeder dem Andern von dem Seinigen mitgeteilt. Er hieß Doctor Wendelin, war um ein gut Stück älter als ich und sah noch verwitterter aus, als Andere in Seinen Jahren, da er sich nie geschont und unter manchem Himmelsstrich durch Mühsal, Mangel und Gefahren aller Art durchgeschlagen hatte. Denn er konnte die Naturwissenschaften, denen er sich gewidmet hatte, vor Allem Zoologie und Botanik, nicht wie so mancher Andere seßhaft hinter Büchern und Sammlungen betreiben. Kaum einen Winter lang hielt er es an Einem Orte aus, kaum so lange, um die Ergebnisse seiner Forschungen in einigen Aufsätzen niederzulegen; alsdann riß es ihn wieder auf, und er mußte wandern. Seine Fachgenossen sprachen mit besonderm Respect von ihm, als Einem, dem überall, wo er mit dem Wanderstab anklopfte, eine neue ungeahnte Quelle der Erkenntniß springe, und bedauerten nur, daß er sich nie entschließen könne, ein größeres zusammenhängendes Werk zu schreiben oder einen Lehrstuhl zu besteigen. Andere wieder gaben ihm darin Recht, daß er that, wozu er am meisten taugte: Wege zu Suchen, Anregungen auszustreuen, gerade da, wo man schon abgeschlossen zu haben wähnte, ein neues Pförtchen aufzumachen. Und da er auch sonst etwas Unweltläufiges hatte und »Europens übertünchte Höflichkeit nicht kannte« oder zu beobachten verschmähte, hatten ihm seine Freunde den Namen »Pfadfinder« oder »Lederstrumpf« angehängt, den er sich ganz wohl gefallen ließ, und mit dem auch ich ihn begrüßte. Er hatte ihn nie besser verdient, als jetzt, wo er plötzlich aus einem weglosen Dickicht zur Seite herabgeschneit, wie ein Vetter Rübezahls hinter mir stand, die hohe, etwas hagere Gestalt in einem grauen Kittel und kurzen ledernen Kniehosen, gelben

Kamaschen und mächtigen Nagelschuhen, einen ausgewaschenen und verbogenen Strohhut auf dem braunen Krauskopf, dessen Locken schon merklich ins Graue spielten, der Bart ungeschoren und ungepflegt. Doch waren die blauen Augen, zumal wenn er plötzlich die halbgesenkten Lider öffnete und Jemand schalkhaft oder ernsthaft anblitzte, von einem Jugendglanz, der wohl auch noch einem Mädchen gefährlich werden mochte, und wenn er lachte, sah man die weißen Zähne, noch alle unversehrt, durch den angegrauten Bart Schimmern.

Er trug einen leichten Tornister auf dem Rücken, eine schwere Blechkapsel an der Seite, einen derben Stock mit blankem Stahlhammer in der Faust.

Nachdem wir die ersten Fragen und Antworten über unser Woher und Wohin gewechselt hatten, wobei ich natürlich bestimmtere Auskunft geben konnte als er, der ewige Wanderer, der »Unbehauste, der Flüchtling ohne Rast und Ruh«, sagte er, indem er mit seinem Hammer nach dem Dorf hinunterzeigte:

Wenn es Ihnen darum zu thun ist, Forellen zu essen und sie in einem zweifelhaften Deidesheimer schwimmen zu lassen, so gehen Sie dort hinunter, wo sie Beides so gut und theuer genießen können, wie nur irgend in einem Postwirthshause hiesiger Gegend. Aber da Sie vor Zeiten mehr auf Menschen als auf Fische versessen waren, lade ich Sie ein, hier ganz der Nähe vorlieb zu nehmen. Das Häuschen, das Sie dort neben der Sägemühle sehen, gehört Leuten, bei denen ich seit langen Jahren ziemlich gut angeschrieben bin, und die kennen zu lernen wohl der Mühe werth ist. Ich habe eigens um ihretwillen diesen Umweg gemacht; obwohl für meine Zwecke nicht eben viel dabei herausschaut, da ich diesen Winkel kenne, wie meine Tasche, und mit Allem, was hier kreucht und fleugt, von Urgroßeltern her vertraut bin. Aber sie würden glauben, ich sei gestorben oder verdorben, wenn ein Jahr verstriche, ohne daß ich einmal wieder die Beine unter ihren Tisch streckte, und auch mir selbst würde etwas fehlen. – Machen Sie nur keine Umstände. Als guter Freund eines guten Freundes werden Sie bei diesen wackeren Menschen sehr willkommen sein, und in der Gaststube droben, wo ich untergebracht werde, steht immer ein zweites Bett. Auch daß Sie ein Ketzer sind, braucht Sie nicht zu kümmern. Denn es wird zwar eben da drinnen kräftig gebetet, und im Zimmer oben hängt ein Weihkessel, aber die Hausfrau selbst ist keine Katholikin, und daß ich selbst ein halber Heide bin, hat unsere Freundschaft nie gestört.

Mit diesen Worten schritt er mir voran auf das Haus zu, in dem gerade das Summen der Betenden verstummte, und öffnete ohne anzuklopfen die Thür.

Guten Abend mit einander! sagte er. Ist's erlaubt einmal wieder vorzusprechen und noch einen Gast mitzubringen?

Herrgott, der Gevatter! rief eine tiefe Frauenstimme, die das Signal zu einem lustigen Chorus aus Mädchen- und Männerkehlen gab. Im nächsten Augenblick sah ich meinen Freund von einem bunten Getümmel hemdärmliger Gestalten umringt, die von ihren Sitzen aufgestanden waren und den alten Hausfreund mit freundschaftlichem Ungestüm bewillkommten.

Ich, an der Thür unbeachtet zurückgeblieben, hatte Muße, mir den Ort und die Menschen darin zu betrachten. Es war ein sehr großes, vier- oder gar fünffenstriges Zimmer mit niedriger Decke, sauber weißgetüncht und nach Art der Wirthsstuben mit wenigen Meubeln ausgerüstet. An der Fensterseite stand ein langer Tisch, um den etwa ein Dutzend Dienstleute, Männer und Dirnen, um zwei riesige Schüsseln saßen, und weiter aßen, ohne sich, nach dem ersten Umblicken und Köpfezusammenstecken, um die fremden Gäste weiter zu kümmern. An der Ofenseite, an einem kleinern Tisch, hatte die Familie des Hausherrn gesessen, der Sägemüller, ein stattlicher Mann in den besten Jahren, die Frau, von der noch weiter die Rede sein wird, drei hochgewachsene bäuerlich gekleidete Töchter, dem Vater mit ihren derben rothwangigen Blondköpfen wie aus den Augen geschnitten, etwa von neunzehn bis fünfzehn Jahren, während ein schlanker Knabe am Ende des Tisches, der an etwas Künstlichem geschnitzt und das Essen noch nicht berührt hatte, mit großen braunen Augen, die der Mutter gehörten, den fremden Gast anstarrte. An der einfachen Nachtkost, einem Mehlschmarren und Birnenschnitz, hatten noch ein paar Männer Theil genommen, von denen ich aber, da keine Vorstellung Statt fand, nichts zu sagen weiß, als daß sie mir wie Geschäftsleute, Getreideoder Holzhändler, vorkamen und sich auch gleich nach dem Essen empfahlen.

Richtig! hörte ich jetzt meinen Freund mit seiner kräftigen Stimme lachen. Noch immer die alten Nachtfalter, die keine Kerze anzünden, so lange sie noch den Mund finden können. Es mag beim Essen sein Gutes haben, damit Keins dem Andern die saftigeren Schnitz vor dem Löffel wegfischt. Aber wenn alte Freunde nach Jahr und Tag sich wiedersehen, Wetter auch! da will ich's hell haben, daß man sich die Falten im Gesicht zählen und sehen kann, ob der Vorrath sich gemehrt hat. Ist mir's doch eben passirt zu der Zenz Toni zu sagen, was eine Schande ist für einen rechtschaffnen Gevatter.

Das jüngste Mädchen war schon bei den ersten Worten hinausgelaufen und brachte jetzt ein brennendes Licht aus der Küche herein. So! sagte der alte Freund, nun seh' ich doch erst, daß du seit vorm Jahr die Kinderschuh ausgetreten hast, Christel. Und wie sieht's heuer aus mit dem Kochen? Schau, da ist ein fremder Herr, der gern einen Eierkuchen von deiner Fabrik essen möchte, und wenn du ein paar Schinkenschnitte daran thätest, würde er auch nicht böse sein, denn er ist ein Städter und den ganzen Tag marschirt, und ich fürchte, um euern schönen Schmarren ist's ihm nicht zu thun. Liebe Gevatterin, wenn Sie noch ein Bischen rücken, so kann er zwischen uns Beiden sitzen.

Nun trat die Frau auf mich zu, mich zu begrüßen und sich zu entschuldigen, daß man mich bisher übersehen habe; es sei allemal eine so große Freude, wenn der Gevatter ins Haus komme, und eine so seltene, daß andere Gäste darüber zu kurz kämen, wenn auch nur für die ersten zehn Minuten. Ich konnte sie jetzt beim Kerzenlicht, und während sie mir ruhig gegenüberstand, genauer betrachten und sah, daß sie zwar nie so eigentlich schön gewesen, aber unter diesen Bauerngesichtern immer aufgefallen sein mußte durch eine gewisse Feinheit, die mehr im Blick und Ausdruck lag, als in den Zügen. Schön geformt war nur die Stirn und der Mund, und wenn sie lächelte, was selten geschah und fast nur über ein Scherzwort des alten Freundes, konnte sie auf einmal ganz jugendlich aussehen, obwohl ihr braunes Haar schon stark mit Silberfäden durchzogen war. Das Eigenthümlichste an ihr schien ihre Stimme, so weich und sanft bei aller Tiefe, wie es den Altstimmen im Reden selten eigen ist. Gekleidet war sie ganz wie eine wohlhabende Bäuerin dieser Gegend, nur daß sie keine Haube trug, sondern das Haar mit einem dunklen Bande aufgebunden und durch einen Kamm im Nacken zusammengehalten.

Jetzt reichte mir auch der Mann die Hand und nötigte mich an den Tisch. Er entschuldigte sich, daß er weder Bier noch Wein uns vorzusetzen habe, nichts als einen Enzianbranntwein, den freilich Jeder rühme. Aber wenn ich kein Liebhaber sei, wolle er sogleich ins Dorf hinabschicken, ich solle nur sagen, was ich zu trinken begehre.

Der Knabe, der, wie ich jetzt sah, an einem ganz sinnreich construirten Modell eines Zugbrückchens geschnitzt hatte, stand bei diesen Worten auf und sah mich fragend an, um je nach meinem Entscheid das Gewünschte herbeizuschaffen. Ich verbat mir natürlich alle Umstände, nahm meinen Ehrenplatz zwischen der Hausfrau und Freund Lederstrumpf ein, und keine zehn Minuten vergingen, so war es mir so heimisch wohl an diesem Tische, als genösse ich die ältesten gastfreundschaftlichen Rechte.

Das war nun freilich vor Allem das Verdienst des eigentlichen Gastfreundes, der mich unter seine Fittige genommen. Denn dieser ewige Wanderer verstand aufs Trefflichste die Kunst, überall, wo er nur eine Stunde rastete, eine Stimmung von Häuslichkeit und Behagen zu verbreiten und alle unbequeme Fremdheit zu verbannen. Wie viel mehr mußte es ihm gelingen, in diesem Hause es sich und Anderen wohl sein zu lassen, da er, wie er selber erzählte, unter keinem Dache der Erde so viele Nächte geschlafen hatte, wie unter diesem – freilich nicht in Einem Strich. Es war auch, als sei er gestern erst gegangen, so genau wußte er um Alles Bescheid, was diese Leute erlebt hatten, so sorgsam erkundigte er sich bei jedem Einzelnen, Eltern und Kindern, nach all' ihren großen und kleinen Angelegenheiten. Ich erfuhr, daß eine ältere Tochter seit zwei Jahren an einen reichen Wirth zwei Stunden abwärts verheirathet war und schon einen Buben hatte. Die dann folgte, die Crescenz, das eigentliche Pathenkind meines Freundes, war auch schon verlobt, und mußte sich allerlei Neckereien gefallen lassen und versprechen, ihn nicht, wie die Schwester, zu übergehen, wenn auch an sie die Reihe komme, taufen zu lassen. Bei ihr selbst hätte sie's erlebt, was es um einen rechtschaffenen, christlichen Pathen für eine gute Sache sei; das solle sie auch ihrem Kinde gönnen. Das Mädchen – ein munteres und gar nicht zimpferliches Ding – gab ganz lustige Antworten, obwohl es bis an die Stirne roth geworden war, und als an die anderen Schwestern die Reihe kam, sich verhören zu lassen, wie sie es die Zeit her getrieben hätten, war es auch denen anzumerken, daß hier im Haus eine gute, helle und gesunde Luft wehte, besser gelüftet und von allerlei Vorurtheil und Aberglauben gereinigt, als sonst in Bauernhäusern dieser Gegend. Der Knabe dagegen, der wie sein Vater Aloys genannt wurde, schien etwas linkisch und unaufgethaut, und wenn er nicht Augen gehabt hätte, die von einem innern Leben strahlten, hätte man ihn leicht übersehen. Als aber der Hausfreund ihn heranrief und sich sein Schnitzwerk zeigen ließ, auch allerlei Fragen that nach Diesem und Jenem, belebten sich die etwas hageren jungen Züge, und man sah, daß dieser Jüngste von dem geistigen Erbe der Eltern wohl das Meiste abbekommen hatte. Die Mutter, die wenig sprach, hörte ihm mit einem stillen Stolze zu, während er seine klugen Antworten gab. – Es bleibt dabei, Gevatter, sagte der Hausfreund, den Buben lassen wir studiren. Blitz! Der wird noch einmal Brücken bauen über den Niagara, oder gar bis in den Mond. Und da habe ich ihm gleich was mitgebracht, was er dazu brauchen kann.

Er schnürte sein Ränzel auf und holte ein Büchlein heraus, eine leicht und anschaulich geschriebene Himmelskunde mit Bildern und Karten, über die der Knabe sogleich in seiner stillen Art mit strahlenden Augen und offenem Munde sich hermachte, nachdem er dem gütigen Geber einmal über das Andere die Hände gedrückt hatte. Auch für die Mädchen kam nun allerlei Putz und Kram aus dem Tornister heraus, und zuletzt eine schöne kurze Pfeife für den Hausherrn mit einem Löwenkopf aus Meerschaum. Nur die Gevatterin geht wieder leer aus, sagte er. Es ist mir diesmal leider als sonst, denn ich habe da bei dem Schnitzer, von dem die Pfeife ist, einen Kamm gesehen, bei dem ich gleich an das Haar meiner alten Freundin denken mußte, – schönes dunkles Schildpatt mit ein Paar silbernen Streifen. Und doch bin ich zu gut gezogen, um mein altes Versprechen zu brechen, daß ich ihr nie was schenken will.

Das fehlte noch gar! sagte die Frau. Ich habe schon genug. Ihr wißt's am besten.

Sie sah dabei mit einem gedankenvollen, aber hellen Blick zu ihrem Manne hinüber, der eben die neue Pfeife einweihte.

Indem ging die Thür und Christel kam herein und brachte das Essen, dem wir alle Ehre anthaten, die ihre junge Kochkunst auch wohl verdiente. Währenddem plauderte Freund Pfadfinder von Diesem und Dem mit dem Hausherrn, das Neueste vom italienischen Krieg, der eben damals die Gemüther bis in die stillsten Waldwinkel aufregte, dann von seinen Reisen, die ihn im vorigen Jahr in den hohen Norden Schwedens und Norwegens geführt hatten. Der Mann schien sich für Alles zu interessiren, hatte die Zeitungen mit Verstand gelesen und sprach auch von Büchern, technischen und historischen, die ihm der Gevatter besorgt haben mochte, Alles in einer etwas langsamen, ungeübten Manier, theils als ob er sich vor den Städtern nicht recht getraute, theils wie wenn ihm auf sein geistiges Räderwerk etwas von dem Sägestaub seiner Mühle gefallen wäre, so daß es nicht ohne Anstoß arbeitete.

Die Frau, die ihr Spinnrad geholt hatte, saß still dabei, die Kinder waren bei ihrer Arbeit wie die Mäuschen, das Gesinde hatte längst das Zimmer verlassen und war schlafen gegangen.

Als der Hausherr eben noch einmal vom Enzian einschenken wollte, stand mein Pfadfinder auf und sagte: Jetzt aber ist's genug geplaudert, zumal, da Ihr mich morgen noch nicht loswerdet. Gute Nacht, Gevatter; wohl zu schlafen, Frau Afra. Wecken braucht's morgen nicht. Die Sonne, wenn sie den alten Gast wieder in dem alten Bette findet, wird so große Augen machen, daß man die seinen nicht zubehalten kann. Aber es bleibt dabei, daß wir der Monica ins Haus fallen, damit ich den Buben sehe, den sie mir unterschlagen hat. Ich gehe schon am Vormittag hinüber und melde Euch an, daß sie das Essen drauf richtet. Gute Nacht miteinander! –

Er gab den Eltern die Hand, klopfte den Kindern auf die Wangen und sah sich unter der Thür noch einmal um. Ist doch schön, wieder einmal zu Hause zu sein, sagte er wie für sich hin.

Dann gingen wir der voranleuchtenden Christel nach, die Treppe hinauf, die zu der Fremdenstube führte.

*

Das war ein großes niedriges Zimmer, dessen drei Fenster auf die Landstraße, den Fluß und die Mühle sahen, nur weißgetüncht, aber mit allerlei Geräth und Zierrath ausgestattet, dem man ansah, daß es zu verschiedenen Zeiten als etwas besonders Seltenes und Wertvolles gegolten hatte. Auch mancherlei Bilder, gemalte Lithographien der vier Jahreszeiten und ein vom Schulmeister künstlich gestricheltes Tableau, das Vaterunser in verschiedenen Schriftarten, mit kalligraphisch geschnörkelten Engelsköpfen eingefaßt, dann die Bilder des Königspaares hingen hoch oben an den Wänden. Das beste Stück aber war ein großer, geschnitzter Schrank mit eingelegter Arbeit, der, als ich ihn öffnete, eine kleine Welt von Fächern und Schublädchen erschloß, sämmtlich leer und sauber ausgewaschen.

Ist das nicht ein Prachtstück? sagte mein Freund, der inzwischen dem Kinde das Licht abgenommen und an den Wänden herumgeleuchtet hatte, wie um zu sehen, ob noch Alles auf dem alten Flecke stehe. – Es sind auch der Gevatterin von Tändlern und Juden, die auf solche Altertümer Jagd machen, schon bis hundert Gulden dafür geboten worden, aber sie giebt ihn nicht her, obwohl ich selbst, seit der Zeit, wo ich ihn von oben bis unten vollpfropfte mit all' dem Zeug, das ich täglich zusammenschleppte, nicht viel mehr hineingethan habe, als ein Paar frischgewaschene Hemden und allenfalls, statt systematischer Botanik, einen frischen Strauß, mit dem ich mein Pathenkind am Geburtstag überraschen wollte. Doch soll ich das alte Möbel nicht vermissen, wenn ich wiederkomme, und es ist wahr, es würde mir fehlen. Dies Zimmer, wie Sie es hier sehen, hat Manches mit erlebt, was man ihm nicht anmerkt, und der alte Ofen da, obwohl er ein Verräther ist, wenn man seine schwache Seite kennt – aber Sie werden schlafen wollen. Stört es Sie, wenn ich erst noch ein Stündchen auf und ab gehe und meine Cigarre rauche? Es ist das so eine schlechte Junggesellen-Gewohnheit von mir, und heute wird's vielleicht noch länger werden, bis ich ins Bett komme. Denn es spukt hier in diesen vier Wänden.

Ich sah ihn lächelnd an. Auch für einen Naturforscher? sagt' ich.

Nur für Den, erwiederte er ernsthaft. Für Sie nicht, und auch sonst nur für zwei Menschen, die etwa hereinkämen und sich die Zeit nähmen Gespenster zu sehen. Ein Naturforscher, mein Bester, ist *auch* ein Mensch, war's wenigstens vor Zeiten einmal. Aber wie gesagt, lassen Sie sich dadurch nicht stören; ich benehme mich ganz still und vernünftig, wenn mir auch etwas Menschliches begegnen und ich bis Mitternacht hier in alten Erinnerungen kramen sollte.

Er war an das äußerste Fenster neben seinem Bett getreten und zündete sich mit aller Gemüthsruhe, wie es schien, seine Cigarre wieder an. Ich merkte aber wohl, daß er für sein Leben gern sich allerlei vom Herzen geredet hätte, was drauf lastete, und daß er nur drauf wartete, ausgefragt zu werden.

Auch ich bin noch gar nicht schlafsüchtig, sagte ich. Ein Tagemarsch, wie der heutige, zittert in meinem Gehirn eine Weile nach, und das Blut klopft ganz laut an den Schläfen. Ueberdies haben Sie mich da zu Menschen gebracht, wie sie mir im Gebirg noch nicht vorgekommen sind. Es ist Ihre Schuld, wenn jetzt meine Neugierde Ihnen lästig wird. Sie wissen selbst, daß sonst in dieser Gegend nicht viel von Dem zu spüren ist, was man Familienleben nennt. Sie essen zwar Alle aus Einer Schüssel, sind sich aber meist fremder, als wenn jedes für sich in einem aparten Hause wohnte. Und freilich, wie sollen sich Menschen so recht innerlich mit einander einleben, die selbst nur äußerlich vom Tag in den Tag hinleben? Man kann einem Andern doch nur näher kommen, wenn man einen Ueberschuß in sich hat, von dem man ihm abgeben kann, oder eigene Bedürfnisse, die er einem befriedigen hilft. Auf dem Lande aber – bei der groben Anlage und dürftigen Bildung der Meisten, wo Alles auf Besitz und Erwerb hinausläuft und die Religion nicht viel mehr ist als das Kissen, das dem Zugstier unters Joch geschoben wird, – wie wollen Sie, daß da freie Menschen mit zarten Empfindungen gedeihen sollen? Und doch hat mir Alles, was ich in diesem Hause gesehen, den Eindruck gemacht, als ob hier ein ganz besonderer Hausgeist regierte, etwas Sachtes, Zartes und doch Mächtiges, wie es selbst unter den sogenannten Gebildeten in dem Maße selten ist.

Haben Sie das bemerkt? sagte er und wandte sich nach mir um. Nun, sehen Sie, so wird es Sie nicht gereuen, den Deidesheimer für den Enzian daran gegeben zu haben, obwohl Ihnen *dieser* Hausgeist mehr als billig die Kehle verbrannt hat. Ja freilich, so auf die Schablone der gewöhnlichen, frisch abgerahmten Dorfgeschichten, die vom Landleben nur das Fette auftischen und den säuerlich dünnen Schlipper in der Schüssel lassen, paßt das Alles nicht, was unter diesem Dach sich zugetragen hat. Und freilich, die Hauptperson ist auch kein Landkind.

Die Hauptperson? Sie meinen die Frau.

Wen sonst? Natürlich nicht, als ob sie den Herrn im Hause spielte. Das thun auch andere gute und kluge Frauen nicht, die klar darüber geworden sind, daß ihre Männer nicht ganz so gut und so klug sind, wie sie selbst. Wenn Sie noch ein paar Tage hier bleiben, werden Sie es bald inne werden, daß meine Gevatterin gerade darum in Allem Numero Eins ist, weil sie sich immer neben und hinter ihren Mann stellt.

Ich kann leider nicht bleiben. Aber das Wiederkommen verschwöre ich nicht. Freilich darf ich dann nicht daran denken, hier beherbergt zu werden. Denn ein Wirthshaus ist es doch nicht, und ohne Ihre Einführung –

Narrheiten! brummte er in den Bart. Sind Sie heute nicht mit mir gekommen? Mehr braucht's nicht, daß Sie ein für alle Mal eingeführt sind. Ich – aber gehen Sie zu Bett. Ich vergesse immer, daß Sie nicht so ein Nachtvogel sind, wie ich.

Verehrtester Lederstrumpf, sagte ich, Sie vergessen noch etwas Anderes, daß Sie mir nämlich zum Ersatz für Forellen Menschen versprochen haben. Von diesem letztern Gericht aber haben Sie mich kaum naschen lassen, gerade nur so viel, um meinen Appetit zu reizen. Ich will nicht hungrig zu Bette gehen und hoffe, Sie denken zu menschenfreundlich, um Alles für sich allein zu behalten.

Er war, dicke Wolken vor sich hin dampfend, durch das Zimmer geschritten und blieb jetzt vor mir stehen, indem er mich mit seinen scharfen Augen so genau betrachtete, wie etwa eine Pflanze, deren Staubfäden er zählen wollte, oder sonst ein fragwürdiges Naturobject.

Sie sind ein Fuchs, sagte er mit seinem gutmüthigsten Lachen. Sie haben mir's längst abgemerkt, daß ich wie ein zu voller Topf bin, dem es selbst lieb ist, wenn man ihn mit dem Finger antupft, damit er überlaufen kann. Ja wohl, diese alte Geschichte ist freilich der Mühe werth, sie erlebt zu haben, und vielleicht auch, sie sich erzählen zu lassen. Aber so gern ich aller Welt zu wissen thäte, was für ein seltenes Wesen eine gewisse Hauptperson ist, – ob sie selbst damit einverstanden wäre, daß alle Welt es erführe, ist noch die Frage. Und Euch Schreibern ist nicht über den Weg zu trauen. Ihr hängt Alles an die große Glocke, und eh' man sich's versieht, findet man sich eines Tages zwischen den Blättern eines Buchs, das man eben aufgeschnitten hat, wie eine getrocknete Pflanze und noch mit allerlei erlogenen Farben aufgemuntert, da beim Pressen der beste Saft verloren geht. Seid Ihr etwa besser als Eure Herren Brüder in Apoll? Nun seht Ihr, Ihr lacht, und wer lacht, gesteht ein, daß er nicht für sich stehen kann. Und da wir hier in einem Hause sind, wo das Lesen nicht für Luxus gilt, – was würde eine gewisse Person für ein Gesicht machen, wenn sie eines Tages dahinter käme, das Ihr über Eurem Eierkuchen hinweg sie habt Modell sitzen lassen?

Macht Euch darüber keine Gedanken, beschwichtigte ich ihn. Wir »Schreiber« sind wie gelernte Diebe, die, wenn sie Kirchensilber stehlen, es auch erst in den Schmelztiegel werfen, eh' sie es wieder in den Handel bringen, damit die Façon sie nicht verrät. Und es ist ja überhaupt noch die Frage, ob mir bei Eurer Geschichte der Diebsfinger zucken wird. Erzählt sie nur erst, dann wollen wir sehen!

Damit hatte ich ihn, wohin ich ihn haben wollte.

Höre nur einer den vornehmen Herrn! rief er in drolligem Zorn. Ich kann Euch sagen, obwohl ich kein Aesthetikus bin, sondern nur so als Naturpfuscher mir die Welt und die Menschen betrachte, daß ich zwölf Dutzend von Euren gewöhnlichen Dorfgeschichten – Aber stille! Ich vergesse, daß ich selber mitspiele. Nun, meine Rolle dabei ist freilich nicht die glänzendste, und die Eigenliebe kann mich schwerlich verblenden. Wißt Ihr was? – Legt Euch zu Bette und ruht Eure lahmen Glieder aus, und wenn Ihr, trotz der sieben Meilen und meiner schlechten Art, zu erzählen, nicht dabei einschlaft, wie es mir über mancher berühmten Dorfgeschichte begegnet ist, so sollt Ihr mir morgen abbitten, was Ihr da über Schlechtes Kirchensilber, das vielleicht nicht der Sünde werth wäre, geäußert habt.

Darauf wollen wir's ankommen lassen, sagt' ich und ging zu Bette.

*

Er hatte sich indessen an dem Ofen zu schaffen gemacht und sorgfältig nachgesehen, ob die Klappe und das Heizthürchen geschlossen seien. Ich begriff erst nachher, was es damit auf sich hatte. Dann lehnte er seinen breiten Rücken gegen die dunkelgrüne Kachelwand, und da die einzige Kerze neben meinem Bette stand, war es drüben in seiner Ecke so dunkel, daß ich nur den Blick seiner Augen glänzen und, wenn er einen Zug that, die Glut der Cigarre aufglimmen sah. So aber schien ihm wohl zu sein. Wenigstens fing er, ohne sich noch einmal bitten zu lassen, an, seine Geschichte zu erzählen.

Ich weiß nicht, sagte er, ob es Euch aufgefallen ist, glaube es aber kaum, da Ihr Federvolk immer nur auf das sogenannte »Poetische« in der Natur achtet, wobei Unsereins sich nichts Rechtes denken kann, – aber selbst ein rein literarischer Spaziergänger mit »Kleistens Frühling in der Tasche« sollte beim Einbiegen in dieses Thal merken, daß ihn plötzlich eine ganz andere Luft anweht. Als ich vor zwanzig Jahren desselben Weges kam, den ich heute gemacht habe, auf der Schneide der Vorberge hin, summten und schwirrten in meinem Kopf allerlei Probleme, denen ich hier am Besten auf die Spur zu kommen hoffte. Ich habe immer einen besondern Trieb gefühlt, Grenzgebiete zu untersuchen. Denn aus den Uebergangsformen erkennt ein klares Auge am Besten, was die Form überhaupt zu bedeuten hat; es ist ordentlich wie vor Zeiten bei anderen Grenzstationen, wo Jeder, der hinüberwollte, seinen Paß vorzeigen mußte. Was z. B. an einer Blumenart das Charakteristische ist, offenbart sich am deutlichsten, wo dieselbe Species aus der Form des Tieflandes in den Alpen-Charakter übergeht und so fort. – Sie werden das in Ihrem Metier in gleicher Weise erleben. Den Menschen studirt man am gründlichsten – ich meine den Umfang seiner Kräfte, Schwächen und, mit Einem Wort, seiner Menschlichkeiten – wo er ans Ueber- oder Untermenschliche, an den Engel oder Teufel streift. Aber Das beiläufig. Ich wollte nur sagen, warum es mich gelüstete, gerade hier mich einige Wochen vor Anker zu legen und in Fauna und Flora recht nach Herzenslust herumzustöbern.

Schon damals stand das Haus hier ganz wie heute, nur daß es auch noch eine Art Wirthshaus war, wo außer unserm Enzian Bier und Wein verschenkt wurde und ein paar Gäste übernachten konnten. Mein Gevatter hat diesen Brauch einschlafen lassen, seiner Frau zu Liebe, der es nicht nach dem Sinn war, den Ersten Besten ums Geld beherbergen und bewirthen zu müssen, und freilich oft nicht eben die feinsten Leute. Dann hat noch die Mühle drüben ein neues Dach bekommen, höher und spitzer, sonst ist Alles beim Alten.

Aber es gehörte noch nicht den Leuten, die Ihr heute kennen gelernt, sondern einem gewissen Jacob Leidener, einem ehemaligen Ingenieur und Mechanikus aus Franken, der nur um eine Reparatur an dem Mühlenwerk zu machen aus der Stadt herübergekommen und dann hier hängen geblieben war. Der damalige Mühlenbesitzer, dessen Geschlecht seit unvordenklichen Seiten hier gesessen und Bretter gefügt hatte, war ein wohlhäbiger Mann und hatte nur ein einziges Kind, eine Tochter, damals eben in erster Mädchenblüte, und obwohl weder sehr gescheit, noch mit überflüssiger Schulbildung ausgestattet, dennoch wegen ihres weichen Charakters und ihrer harten Kronenthaler keine üble Partie. Nun vergaffte sie sich obendrein in den stillen, städtisch gekleideten, sehr wackern Mechanikus und ließ es ihn so deutlich merken, daß auch er die Sache bald in Erwägung zu ziehen begann, und endlich, obwohl ohne jedes »Langen und Bangen in schwebender Pein«, bei seinen unsicheren Umständen es für sehr wünschenswerth erkannte, die schöne Müllerstochter zu ehelichen. Er hatte dann sorgenfreie Zeit genug, sich mit seinen mathematischen und mechanischen Liebhabereien abzugeben, die er neben der praktischen Thätigkeit bisher nur verstohlen hatte pflegen können.

Auch der Brautvater war mit der Partie ganz wohl einverstanden und froh, einen Sachverständigen in der Familie zu haben, statt immer, wenn an dem Werk etwas zu ändern war, in die Stadt zu schicken und darüber Zeit versäumen zu müssen. – Nur Einen Haken schien die Sache zu haben, den der Freiwerber sofort dem Mädchen selbst eingestand: er war ein Wittwer und hatte von seiner ersten Frau, mit der er nur ein paar Jahre gelebt, ein Töchterchen, das damals schon fünf Jahre alt war. Indessen war das gute Müllerskind zu verliebt, um daran Anstoß zu nehmen, und zu gutherzig, um auch späterhin, als nun eigne Kinder kamen, einen Unterschied zu machen. Also ging Alles aufs Beste. Die kleine Afra, schon damals ein besonderes Kind, klug und in sich gekehrt, von wenig Worten, wie der Vater, dessen Art sie überhaupt geerbt hatte, fühlte sich sehr viel wohler hier in dem schönen Flußthal, als bei der alten

Muhme, die sie bisher erzogen hatte, und machte sich auch beim Großvater und der neuen Mutter bald beliebt. Die Letztere freilich war von zu träger und unergiebiger Complexion, um mit dem Kinde in ein näheres Verhältniß zu treten. Sie hatte ein solches – so weit ihre Natur es hergab – überhaupt nur mit ihrem Manne, ob ihr in lichten Augenblicken auch wohl die Sorge kam, sie genüge ihm nicht, und er lebe eigentlich bei aller guten Eintracht ziemlich fremd neben ihr hin. Auch diese Anwandlungen nebst den Anstalten, die sie zur Abstellung des Uebels machte, verloren sich mit der Zeit. Sie wurde nach jedem Kindbett dicker und schläfriger, und war zuletzt eine von den vielen Weibern auf dem Lande, die, außer einmal einer Ausfahrt auf einen nahen Markt, sich nur noch Sonntags in Bewegung setzen, um ihrem Herrgott die übliche Staatsvisite zu machen.

Auf Letzteres hielt sie um so mehr, als ihr Mann ein Lutherischer war, der freilich mit Religionsgesprächen sie völlig verschonte, auch ihre gemeinschaftlichen Kinder – nur die Afra war protestantisch getauft – ohne Widerspruch vom Dorfpfarrer taufen und firmeln ließ. Man ist zwar gut katholisch hier herum, und die kleine Afra, wie sie heranwuchs und sich in manchen Dingen sehr merklich von ihren Altersgenossinnen unterschied, mußte sich oft genug »die Lutherische« schelten lassen. Aber da Jacob Leidener im Uebrigen ruhig seinen Weg ging, so vergab man es ihm mit der Zeit, daß der landfremde Ketzer sich in die rechtgläubige Schneidemühle hineingesetzt und die reiche Erbtochter weggefischt hatte. Er führte nach dem Tode des Schwiegervaters das Geschäft rüstig fort, und wenn er auch mehr und mehr auf seiner Stube blieb und Allerlei spintistrte und probirte, was nicht gerade einträglich war, so hatte doch Niemand darüber den Kopf zu schütteln, da es der Frau recht war und sie überdies Geld genug hatten, um sich auch einmal brodlose Künste vergönnen zu dürfen.

So war das Leben hier im Hause ganz friedlich etwa vierzehn bis fünfzehn Jahre fortgegangen, als ich zum ersten Mal über diese Schwelle trat. Ich war damals ungefähr in Ihrem Alter, wo sonst, wenn man nicht schon blasirt ist, oder ganz auf die niederen Gebilde der Schöpfung versessen, »der Mensch dem Menschen noch immer das Interessanteste ist.« Aber wie Sie mich kennen, werden Sie sich nicht wundern, daß ich, da ich einmal in diesem Zimmer einquartiert und unumschränkter Besitzer des Schrankes war, mich die ersten Tage nicht eben viel um meine Wirthsleute und Kind und Kegel kümmerte, sondern vom Morgen bis in die Nacht in Wäldern, Wiesen und Sümpfen steckte, und wenn ich Abends sehr gorilla-mäßig nach Hause kam, ganz mit Beute beladen, mehr zum Essen als zum Schwatzen aufgelegt war. Mein Wirth hatte mir überdies bald vertraut, daß er dem Perpetuum mobile auf der Spur sei und auch an einer sehr hoffnungsvollen Flugmaschine arbeite. Das hatte mich von vorn herein mit einem heiligen Schrecken erfüllt, so daß ich ihm aus dem Wege ging. Seine Frau saß still und unförmlich den ganzen Tag entweder in der Küche oder in der Gaststube am Ofen. Die Kinder waren in der Schule oder tobten im Garten und am Fluß herum. Es ging da freilich auch ein schlankes, braunhaari-ges Ding mit ernsthaften Augen und einem lieblichen Lächeln durchs Haus und schien die Seele von Allem zu sein. Wenigstens hörte man bei Allem, was geschah oder geschehen sollte, »Afra« rufen. Ich lebte aber, als ein rechter Unmensch und Waldteufel wie ich war, schon acht Tage im Haus und hatte noch keine acht Worte mit dieser stillen Erscheinung gewechselt.

Nicht daß ich ein Weiberfeind, oder etwa blöde in Mädchen-Gesellschaft gewesen wäre. Nur daß mich eben gar nichts anziehen konnte, an dem nicht etwas herumzuräthseln war; und die Weiber dachte ich gründlich genug aus diesen und jenen Geschichten, die guten Freunden passirt waren, zu kennen, war darauf gefaßt, so gut wie Andere eines schönen Tages an die Reihe, d. h. unter den Pan-toffel zu kommen, und trachtete nur danach, dies Unvermeidliche so lange als möglich hinauszuschieben, da Alexander von Hum-boldt es auch nur so weit gebracht hatte, weil er keine Zeit mit Hausvatersorgen zu verschwenden brauchte.

Desto zärtlicher bekümmerte ich mich um das niedere Thierreich, das in jener Zeit meine Hauptleidenschaft war. Alles, was ich von Bottichen, Zubern, Töpfen und Schüsseln auftreiben konnte, wurde nach und nach zu Aquarien umgewandelt, die damals noch nicht salonfähig waren und freilich auch in der Form, wie ich sie hier anlegte, für keine besondere Zimmerdecoration gelten konnten. Die Sümpfe in der Umgegend lieferten ein unerschöpfliches Material für mein Mikroskop, und da ich die Mühe nicht scheute, ganze Fischtrommeln voll Sumpfwasser nach Hause zu schleppen, konnte ich es meinen Gästen so behaglich machen, daß sie sich ganz in ihrem Elemente fühlten und auch in der Gefangenschaft ihr altes Leben fortführten. In dem Schrank hatte ich sehr sorgfältig Wespennester, Puppen, Larven und anderes Gezücht und Geziefer einquartiert, deren Lebensarten und -Unarten ich studirte, so daß ich an ungünstigen Tagen – und es war gerade ein rauher Frühling, in dem es noch zuweilen Schnee gab – meine häusliche Menagerie nicht zu verlassen brauchte, um doch tausendfältigen Stoff zum Nachdenken und Lernen zu haben.

Vor meinen Hausleuten verhehlte ich natürlich aufs Sorgfältigste, was ich da oben trieb. Ich wußte, daß die Leute auf dem Lande vor allem Gethier, das nicht dem Metzger oder der Köchin entgegengemästet wird, einen starken Widerwillen haben und es als Ungeziefer mit Gift und Besenstiel verfolgen. Was hätten sie erst für Gesichter gemacht über einen Gast, der in ihrem besten Zimmer einträchtig mit einer Molchfamilie und unzählbaren kleineren Sumpfbewohnern Haus hielt und Wespen, Hummeln und andere Gartendiebe in einem Schrank unterbrachte, wo man sonst nur den wertvollsten Hausrath aufbewahrt hatte!

Ich ging also nie aus, ohne meine Thür sorgfältig abzuschließen, verbat mir auch das Ausfegen, Bettmachen und Wasserbringen, das ich, wie ich vorgab, am liebsten selbst besorgte, da ich allerlei Schreibereien auf meinem Tische liegen hätte, über die mir Niemand kommen dürfe. Da mein Wirth, der Schneidemüller, auch so ein Stück Gelehrter war und ebenfalls eine Art Laboratorium hatte, das Niemand betreten durfte, so ergab man sich endlich in meine seltsamen Sitten, und ich konnte ungestört und unbeschrieen mein Wesen treiben.

Eines Nachmittags aber – ich war eben aus dem Walde heimgekommen, hatte noch den Hut auf dem Kopf und war darüber her, eine ganz unbekannte Species Wasserspinnen zu studiren, die ich in Ermangelung eines andern Behälters in mein Waschbecken gesetzt hatte – da klopft es an meine Thür, und über dem Feuereifer, mit dem ich meinen Fund untersuchte, vergesse ich die gewohnte Vorsicht und rufe »Herein!« statt wie sonst hinauszugehen und zu sehen, was es gebe. So öffnet sich denn die Thür, und herein tritt Jungfer Afra, einen Brief in der Hand, den die Botenfrau für mich abgegeben hatte. Ich war viel zu vertieft, um darauf zu achten. Legen Sie ihn nur immer auf den Tisch, sagt' ich. Es wird wohl nichts Eiliges sein. – Als sie sich aber immer nicht rührte, sah ich auf und merkte jetzt erst, daß ihr Zaudern allerdings seinen guten Grund hatte. Denn mein ganzer Tisch war von einem Rudel junger Wasserschlangen in Beschlag genommen, die aus der geöffneten Botanisirbüchse herausgekrochen waren und über die Gesellschaft einiger zahmer Eidechsen eben so mißvergnügt schienen, wie diese über die neuen Ankömmlinge.

Das Mädchen stand mitten im Zimmer, den Brief rathlos in der Hand, mit den erstaunten Augen bald mich, bald mein unheimliches Hausgesinde betrachtend.

Ich fing hell an zu lachen.

Liebe Afra, sagt' ich, Sie finden hier eine wunderliche Gesellschaft, aber fürchten Sie sich nur nicht, es geschieht Ihnen nichts zu Leide. Alle diese Ungeheuer werden sehr mit Unrecht als bösartig oder giftig verschrieen. Sie leben zwar unter einander nicht im besten Frieden und fressen sich sogar gegenseitig, wenn sie den Appetit und die Kraft dazu haben. Aber das thun ja die lieben Nebenmenschen auch, und zwar nicht immer aus Noth, sondern oft aus reiner Bosheit, was man diesen unvernünftigen Geschöpfen nicht nachsagen kann. Und sie sind auch gar nicht so häßlich, wie die Meisten finden, die sich nie die Mühe gegeben haben, sie genauer anzusehen. Betrachten Sie nur einmal die Schlange dort, wie artig sie ihren Kopf trägt und um die kleine braune Eidechse ordentlich verliebt sich herumwindet. Oder wollen Sie einmal durch mein Glas schauen? Ich habe da eine kleine Spinne, die sich im Wasser ganz unscheinbar ausnimmt und hier in der Vergrößerung – kein Hirsch kann seine Schenkel flinker und zierlicher bewegen!

Sie erwiederte nichts, trat aber sogleich an das Waschtischchen heran und sah mit einem Ernst und Eifer in das Mikroskop, wie ein Mädchen sonst nur in ein Schmuckkästchen schaut. So etwas habe ich mir gar nie vorgestellt! sagte sie dann, ließ aber doch wieder einen zweifelhaften Blick auf die Schlangen und zu dem offnen Schrank hinübergleiten.

Nun merkte ich wohl, daß, da das Geheimniß doch einmal verrathen war, mir Alles daran liegen müßte, das gute Mädchen zu meiner Bundesgenossin zu machen. Ich fing also an, ordentlich wie ein Professor, der eine Vorlesung in seinem Naturaliencabinet hält, sie im ganzen Zimmer von einem Aquarium zum andern herumzuführen und ihr in jenem populären Stil, der erst Jahrzehnte später Mode geworden ist, Alles zu erklären. Ich erzählte ihr, so viel ich von den merkwürdigsten Erscheinungen in diesem Naturreich wußte und worauf es mir bei meinen Beobachtungen vor Allem ankam, zeigte ihr die Schätze des Schrankes und führte sie in das Familienleben der Wespen ein, mit denen ich mich damals besonders ausführlich beschäftigt hatte. Ich sah, daß sie einen geheimen Abscheu gegen Manches zu bekämpfen hatte, ihn aber mit einer merkwürdigen Willensstärke überwand. Zuletzt war sie tapfer genug, eine kleine Schlange in die Hand zu nehmen und sie während meiner ganzen Vorlesung über diese Species zwischen ihren braunen Fingerchen zu halten.

Hätte man nicht unten nach ihr gerufen, wir Beide wären nicht so bald dieses ersten Cursus in der Zoologie müde geworden. So aber besann sie sich plötzlich, daß sie schon zu lange ihre Arbeit versäumt habe, und lief eilig aus der Thür. Ich konnte ihr nur noch oben an der Treppe das Versprechen abnehmen, keiner Seele im Hause das Geheimniß meiner Menagerie zu verrathen.

Es hätte das nicht gebraucht. Denn eine Schwätzerin war sie von Hause aus nicht, kannte auch ihre Leute und wußte, daß es dann bald mit den Lectionen vorbei gewesen wäre, die ihr doch so viel Vergnügen machten. Denn Sie können denken, daß es bei dieser ersten nicht blieb – freilich immer nur in verflogenen Minuten, damit es im Hause nicht auffiele; aber sobald sie erst einmal die Elemente weg hatte, vertraute ich ihr auch den Zimmerschlüssel, während ich draußen herumstrich, damit sie auf ihre eigene Hand weiterstudiren könnte. Ich kann Ihnen sagen, daß sie mich oft ganz verdutzt machte durch Fragen und Beobachtungen, auf die mein geschultes Auge bisher nicht gekommen war. Wenn ich späterhin keine Luft gehabt habe, täglich auf ein Katheder zu steigen und einer Handvoll Hefteschmierer meine Weisheit in die Feder zu dictiren, so kam es mit daher, daß ich's einmal gekostet hatte, was für ein Vergnügen es ist, einen wirklich talentvollen Schüler zu haben.

Sie lächeln. Sie glauben, daß der Schüler eine Schürze getragen und braune Zöpfe, habe wohl zu dieser günstigen Meinung mitgewirkt. Ich kann es Ihnen nicht verdenken, obwohl es mir wahrlich Anfangs nicht einmal einfiel, daß dieses Mädchen außer ihrem erstaunlichen Beruf für Naturwissenschaften auch noch andere Gaben besaß, um einen Naturforscher glücklich zu machen. Unser stilles Einverständniß blieb ganz unverfänglich. Nur daß ich mich von Tag zu Tag mehr dazu freute, von meinen Beutezügen wieder heimzukommen, und nichts Rares fing oder fischte, ohne dabei zu denken, was ich meinem heimlichen Amanuensis darüber sagen wollte.

Aber ein solcher Waldmensch war ich nicht, noch sie ein so kümmerlicher Brodstudent, daß das lange so fortgegangen wäre. Nach drei Wochen ertappte ich mich mitten im Walde, an einem kleinen Weiher, der mein Hauptjagdgebiet war, auf einer ganz unwissenschaftlichen sentimentalen Stimmung, in der es mir vorkam, als sähe ich hinter einem Glasdeckel mein eigenes dreißigjähriges Herz, das lange genug im Puppenzustande faul und harthäutig dagelegen hatte und plötzlich Anstalten machte, einen schönen Falter ausschlüpfen zu lassen.

Je länger ich dieser Metamorphose zusah, desto trübseliger ließ ich den Kopf hängen. Was sollte daraus werden? Ich war ein armer Teufel und war es mein Lebtag gewesen, ohne mir je darüber Sorge zu machen. Was ich von den Eltern her hatte, reichte gerade hin mich durchzubringen selbst ohne Amt und Lehrstuhl, wenn meine noblen Passionen nie kostspieliger wurden, als bis dato, und ich um mein eignes Futter mich nicht viel kümmerte, sobald ich meine kreuchende und fleuchende Sippschaft nicht Hunger leiden sah. Und jetzt hatte ich mich in ein Mädchen verschossen, das, wenn es nur vom Vater ausgestattet wurde, nicht viel ins Haus brachte, mich also genötigt hätte, eine Anstellung zu erbetteln und systematischen Kram zu dociren, da ich noch an allen Ecken und Enden ein Ignorant war und fremde Einbildungen nicht so kaltblütig als baare Münze in Curs bringen mochte, wie Andere. War sie aber eine reiche Partie, wie ihre Halbschwestern, so kriegte sie natürlich jeder Bauernsohn eher, als ein hergelaufener Rattenfänger und Schlangenbändiger.

Also faßte ich den weisen Entschluß, mir dies stille Mädchen mit der sanften Stirn und dem klugen Lächeln in jedem Fall aus dem Sinn zu schlagen. Das sicherste Mittel dazu wäre gewesen, eiligst abzureisen. Das konnte ich aber der Wissenschaft gegenüber nicht verantworten. So mitten aus hundert angesponnenen Beobachtungen wegzulaufen, den Faden der subtilsten Untersuchungen ritschratsch durchzureißen – nein, lieber noch eine Weile das Opfer bringen, dieses Mädchen täglich zu sehen und mir zu sagen, daß es nicht meinetwegen sich die Mühe gebe, auf der Welt zu sein. Mein ausgekrochnes Herz mochte immerhin wie der Schmetterling hinter der Glasscheibe sich verzappeln, bis nur noch ein graues Netzgewebe, ohne Glanz und Farbe, übrig war – ich konnte ihm einmal nicht helfen, und es war auch das erste nicht.

Mit dieser Philosophie kam ich freilich nicht weit, da das Zappeln doch immer weh thut. Aber ich biß tapfer die Zähne zusammen, daß ich's wenigstens gegen sie selbst nicht laut werden ließ. Auch glaubte ich zu bemerken, oder redete mir wenigstens vor, daß sie überhaupt kein warmes Blut hätte, wenigstens nicht für mich, daß sie in mich so wenig verliebt sei oder es je werden könne, wie ein Fuchs in seinen Professor. Sie langweilt sich hier draußen, sagt' ich mir. Sie muß die Magd für Alle sein und wäre gern ihre eigene Herrin, da sie geistige Bedürfnisse hat. So bin ich gerade gut genug.

Auch wußte ich, daß sie vorm Jahr einmal zum Besuch bei jener alten Muhme mit dem Vater in der Stadt gewesen war und seitdem immer ein Heimweh danach hatte. Natürlich, dacht' ich, schiene es ihr ganz annehmlich, durch meine Wenigkeit wieder hinzukommen, vielleicht für immer. Aber jeder Andere wäre ihr gerade so recht als Mittel zum Zweck.

Und nun mußte ich noch obenein erleben, daß gerade um die Zeit, wo ich am hitzigsten vernarrt war, ein ganz anderer Bewerber sich einfand, der mir in jedem Stück überlegen war, sowohl in Eltern- als in Töchteraugen. Es war der Sohn des herrschaftlichen Verwalters unten im Schloß, ein schmucker, ziemlich wohlerzogner junger Bursch, der ein paar Jahre abwesend gewesen war, ich weiß nicht ob auf einer Forstakademie oder landwirthschaftlichen Schule, jedenfalls aber, als er wieder heimkam, für ein Meerwunder galt an Ordnung und guten Manieren, da er doch im Grunde nur sehr oberflächlich von der Cultur beleckt und nicht viel gescheiter war, als um den Gescheiten zu *spielen*, Notabene vor Bauern und Jägern. Auch hieß es, er sei ein jähzorniger Geselle, habe schon einmal einen Messerstich ausgetheilt, den sein Vater nur mit einem großen Pflaster aus Zehnguldenscheinen geheilt habe, und laufe lieber den Dirnen nach, als seinen Geschäften.

Letzteres war nun allerdings in der Nähe nicht zu bemerken, obwohl man ihm die Wege weit und breit ebnete. Aber vielleicht gerade das langweilte den verwöhnten jungen Herrn, oder die Landmädchen verstanden es überhaupt nicht, ihn zu fesseln. Eine Einzige, die sich überhaupt gar nicht um ihn kümmerte und nicht einmal zu wissen schien, was für ein Vogel Phönix sich plötzlich unter den Hühnern und Gänsen hatte blicken lassen, brachte es endlich dahin, daß er aus seiner hoffährtigen Gleichgiltigkeit herausging und bald in allem Ernst in einem Netz gefangen war, das die Eigentümerin überhaupt noch nach Niemand ausgeworfen hatte.

Er kam bald alle Tage, die Gott werden ließ, in die Gaststube hier unten, ließ sich Anfangs nicht herab, an die Afra auch nur ein Wort zu richten, sondern plauderte mit dem Vater Jacob, von dem er sich in seine Phantastereien einweihen ließ, unter dem Vorgeben, die Mathematik sei seine Hauptliebhaberei und er bedaure nur, auf der Akademie nicht weiter als bis zum pythagoräischen Lehrsatz (exclusive) gekommen zu sein. Der alte Leidener, dem ich dummer Weise viel zu wenig Ehre angethan hatte, verlangte sich nichts Besseres, als ein so dankbares Publicum für seine Schrullen zu haben. Auch die dicke Frau Mutter war ganz auf seiner Seite, in bester Meinung, sie könne ihr Stiefkind nicht glänzender für all seine Gutthaten und Bravheit belohnen, als indem sie ihr einen solchen Mann gönne, der, wenn er noch sechs Jahre warten wollte, ihr auch für ihre eigne älteste Tochter tausendmal recht gewesen wäre.

Also schien Allen Alles im besten Gange zu sein, bis auf die Afra selbst, die es, in ihrer einfachen Art, den glänzenden Vogel bald empfinden ließ: er solle sich keine vergebene Mühe machen, sie wisse doch, daß seine bunten Federn nicht echt seien und im ersten Regen ausgehen würden. Darauf war der junge Fremdling nicht gefaßt. Er hatte bisher eine zu gute Meinung von seiner eigenen Vortrefflichkeit und Unwiderstehlichkeit gehabt, um überhaupt an irgend Jemandes Ueberlegenheit zu glauben. Nun mußte ihm so ein stilles Mädchen, dem er doch eine Ehre anzuthun dachte, den Meister zeigen. So eine Lutherische! die weder übermäßig schön, noch eine von den reichen Erbtöchtern war, und um die er sich nur bemühte, weil sie für stolz galt, was Apartes hatte, und weil er ebenfalls den Stolz hatte, nur etwas Apartes zu begehren!

Er hat ohne Zweifel Anstalten gemacht, die Unverschämte, der er nicht gut genug war, durch stille Verachtung zu strafen. Wenigstens ließ er sich einmal eine ganze Woche unten nicht sehen. Dann aber siegte seine bessere Natur, oder die Macht des wundersamen Kindes, der Keiner so leicht trotzte, und er beschloß, redlich das Seine zu thun, um diesen absonderlichen Schatz sich zu *verdienen.*

Erst da fing ich an, ernstliche Besorgnisse zu hegen und »mit Eifer zu suchen, was Leiden schafft«. Denn es hatte wirklich etwas Rührendes, den Burschen zu sehen, wie er nach und nach all seine Narrheiten ablegte und sich bemühte, so menschlich als möglich zu werden, damit sie ihm nur ein bischen gut würde. Und weil er nebenbei wirklich ein sauberer Mensch war, neben dem ich mir vorkam wie ein rostiger Wetterhahn gegen einen lebendigen Puter, der seinen rothen Kamm wie eine Siegesfahne hochträgt – da er ferner meine paar hundert Thaler jährlicher Zinsen an einem Markttage für ein Reitpferd hingeben konnte, ohne es zu spüren, und überdies so viel städtischen Schliff weg hatte, um auch einem feinern Landkinde auf die Länge einzuleuchten, so wurde mir immer übler und banger zu Muth, und ich verlor endlich Appetit und Schlaf und schlich Tage lang still und wild durch Wälder und Sümpfe, ohne Kraft und Hoffnung, meine Leidenschaft zu bezwingen, oder ihr wenigstens so weit zu entfliehen, als mich die Füße nur tragen wollten. Die Wissenschaft litt darunter natürlich nicht weniger als wenn ich meine ganze Menagerie aus dem Fenster geworfen und eiligst nachgesprungen wäre.

Aber der Mensch ist von allen Amphibien die eigensinnigste und abgeschmackteste. Er könnte so hübsch im Trocknen sitzen, auf dem festen Lande der gesunden Vernunft, und kann's doch nicht lassen, sich ins Meer der Leidenschaft zu stürzen, bis ihm in der Brandung der Athem vergeht oder er sich an den scharfen Muscheln die Füße wund reißt. So jammerwürdig ich mir selber in meinem fruchtlosen Hinzaudern vorkam – richtig ließ ich den ganzen Sommer darüber vergehen, eh' ich mich zu einem mannhaften Entschluß aufraffen konnte.

Endlich aber – vielleicht hatte der arme Falter sich so verzappelt, daß er ohnmächtig die Flügel zusammenklappte und auf den Rücken fiel – endlich schien es mir denn doch glücken zu sollen, daß ich wieder zu mir selbst kam. Ich hatte in der Zeitung von einer Expedition behufs einer Weltumseglung gelesen, bei der noch für einen Zoologen eine Stelle frei war. Das schien mir ein Schicksalswink, daß ich mich jetzt oder nie losreißen sollte. Wenn sich das Herz unter der gemäßigten Zone nicht auszappeln wollte, mußte man sehen, ob der Aequator oder der Nordpol nicht besser anschlagen würde. Ueberdies war gerade eine treffliche Gelegenheit, sich auf Französisch zu empfehlen.

In einem zwei Stunden entfernten Dorf nämlich war Kirchweih, und weil die Leidener's dort Verwandte hatten, von der Mutterseite, hatte der Vater schon am Morgen seinen Braunen vor das Chaischen gespannt, seine zwei Centner schwere Hälfte hineingeschrotet, das älteste Kind, die Afra, daneben gesetzt, und dann selbst den Bock bestiegen, um hinüber zu kutschieren. Mich hatten sie mitnehmen wollen. Es war mir aber nicht darum zu thun, meine geliebte Studentin dort an den Nebenbuhler abzutreten, der ein flotter Tänzer war, während ich im Winkel gestanden und Spinnen observirt hätte. Auch kam mir der Tag allzu gelegen, endlich meine Kette durchzufeilen. Ich that mir noch alle Gewalt an, beim Abschiede mir nichts merken zu lassen, reichte den drei guten Menschen ohne besondere Feierlichkeit und zerdrückte Thränen die Hand und gab selbst dem Braunen einen muntern Schlag mit auf die Reise; dann freilich hatte ich noch eine volle Stunde auf meinem einsamen Zimmer nöthig, ehe ich mit Ernst an meine Auflösung und die Einsargung meiner Siebensachen gehen konnte.

Ich packte das Werthvollste meiner Sammlungen in ein Kistchen, schnürte mein Ränzel, fegte den Schrank säuberlich aus und gab den gefangenen, halb oder gar nicht gezähmten lebendigen Insassen der verschiedenen Fächer und Zellen die Freiheit. Dafür legte ich allerlei kleine Geschenke, die ich für sämmtliche Hausgenossen eingekauft hatte, ordentlich mit Zetteln versehen in die leere Schublade, und nur für die Hauptperson hatte ich noch nichts, da mir in dem nächsten Städtchen nichts gut genug erschienen war. Ich schrieb ihr dafür einen kleinen Brief, der mir sauer genug wurde, da ich gar nichts von meinen Gefühlen darin laut werden ließ, sondern nur wie ein guter Bekannter Abschied nahm und versprach, ihr von unterwegs ein Andenken zu schicken. Sie möchte mir den Gefallen thun, so glücklich als möglich zu werden und manchmal an einen alten Freund zu denken. Weshalb ich überhaupt abreiste, beschönigte ich ganz wahrscheinlich durch meinen Wunsch, mir die Erde auch einmal von der Kehrseite anzusehen.

Nachdem ich dies Heldenstück vollbracht und dem Knecht gesagt hatte, auf den Nachmittag möchte er mir ein Bauernwäglein rüsten, da ich meine Kiste nicht auf dem Rücken fortschleppen könne, beschloß ich einen letzten Spaziergang zu machen, um nicht zu Hause zu essen, wo ich mit den Kindern und anderen Leuten von meinem Vorhaben nicht hätte schweigen können. Also ging ich noch einmal quer durch den Wald, that mir auf all den Zwang ein bene, indem ich in der Einsamkeit recht von Herzen unglücklich war, aß ein paar Bissen in einer kleinen Dorfschenke und trat, als es gegen vier Uhr ging, den Heimweg an, um ja noch fortzukommen, ehe meine Leute von der Kirchweih zurück sein könnten.

Wie ich aber unten ins Haus trete, merke ich gleich, daß ich mich doch verspätet haben mußte. Es war ein Unterschied wie Tag und Nacht, ob die Afra über Land war oder daheim. Wenn sie den Rücken wendete, lief Alles meisterlos durcheinander, die Kinder und das Gesinde, und gleich fand Jedes seinen rechten Ort, sobald es wußte, daß die ruhigen Augen über ihm waren, die doch niemals herrisch oder heftig blickten, nur wie verwundert, wenn Eins seine Schuldigkeit nicht that. Jenen Nachmittag dachte ich die Kinder – drei Mädchen und zwei Buben – durch Garten und Wiese tobend zu finden und die Dienstleute auf den Bänken im Gastzimmer herumlungernd. Statt dessen saßen die Kleinsten, mit vergnügten Gesichtern und einige faustgroße Kirchweihnudeln vertilgend unter dem Zwetschgenbaum und hörten der Aeltesten, der Liesi, zu, einem vierzehnjährigen Ding, das ihnen aus einem Geschichtenbuch vorlas, während der dreizehnjährige Bub für die Schule morgen eine Rechnung auf seine Tafel kritzelte. Das war für einen Kirchweihsonntag unerhört, außer durch das Walten einer höheren

Macht. Und richtig kam mir das Jüngste von sieben Jahren entgegengelaufen und erzählte mir, die Afra sei eben zurückgekommen, ohne die Eltern, und hinaufgegangen in meine Stube.

Es sollte also nicht auf Französisch geschieden sein. Aber während ich sacht die Treppe hinaufschlich, hatte ich Mühe, mich auf mein bischen Deutsch zu besinnen, so brannte mir der Kopf.

Zum Glück habe ich ein so schnurriges Gesicht, daß sich jede Verlegenheit darauf als eine ironische *Ueber*legenheit ausnimmt und man mich für viel hartgesottener hält, als ich – leider oder Gottlob – bin. Darauf verließ ich mich und ging stracks in mein Zimmer.

Das Mädchen stand – noch in seinem Kirchweihstaat, den es aber auch auf eine aparte Weise sich angepaßt hatte – zwei Schritte vor dem offenen Schrank, als getraue es sich nicht die Verwandlung, die mit demselben vorgegangen, mit Händen zu greifen. Als ich hereintrat, sah es sich langsam um. Ich hatte das liebe Gesicht nie so bleich gesehen. Aber als ein geriebener Diplomat, wie ich war, that ich nicht dergleichen, sondern log tapfer darauf los.

Es wäre mir außerordentlich lieb, sagte ich, sie doch noch zu sehen. Ich hätte Hals über Kopf abreisen müssen, und nach so guter Freundschaft, die wir mitsammen gehabt, möchte man sich doch noch eine Hand zum Lebewohl geben. Zwar hätt' ich schriftlich Abschied genommen – da liege das Briefchen – aber besser sei besser. Und dann sei mir auch noch eingefallen, ihr ein Bild von mir zu hinterlassen, zwar nur einen Schattenriß aus meiner Burschenzeit, aber die grobe Nase und der struppige Bart seien sehr ähnlich und die schwarzrothgoldnen Streifchen machten sich sauber. (Von Photographien wußte man damals noch nichts.) Also möge sie's nehmen und in ihre Lade legen. Wenn sie's aber nicht möge –

So sagte ich, da sie sich gar nicht rührte und keine Hand danach ausstreckte. Ich hatte sie während dieser ganz lustig herausgestotterten Rede auch nicht weiter angesehen, aber jetzt, wie ich die Augen aufhob, erschrak ich. Denn ihre Farbe war wie todtenhaft geworden, der Mund zuckte ihr, und die Augenlider hatte sie zugedrückt, als wollte sie sie auf ewig schließen. Um Gotteswillen, Afra, was ist Ihnen? rief ich und machte Miene, sie zu halten, daß sie mir nicht umfiele. Aber mit der großen Willenskraft, die sie besaß, wehrte sie ab, schüttelte den Kopf und versuchte zu lächeln.

Es ist nichts! sagte sie. Nur weil ich so viel getanzt hab', gleich nach dem Essen; das macht mir immer Schwindel. Mein Kopf ist nicht so sturmfest, wie ein richtiges Landkind ihn hat. Geben Sie mir nur das Bild. Aber ist's denn wahr? Sie wollen fort?

Sie hatte sich unterdessen mit mühsamen Schritten bis an den Stuhl vorm Bette hingeschlichen und setzte sich nun, ganz aufrecht, aber noch immer sterbensblaß. – Ja wohl, sagt' ich, ich müsse fort; ich wolle zu Schiff und die Welt umsegeln, das hätte ich mir lange gewünscht. Ich sei nun einmal ein heimatloser Mensch, meine Freunde hätten mich nicht umsonst den Pfadfinder genannt. Und weil ich so oft Abschied zu nehmen hatte, betriebe ich dies fatale Geschäft recht nach der Kunst, indem ich mich immer hinterm Rücken der guten Menschen, die mir wohlgewollt, wegschliche. Hier unter ihrem Dache sei mir wohler geworden, als lange, und darum werde mir auch das Scheiden saurer. Aber es müsse doch einmal sein, und so wollten wir's uns nicht ohne Noth erschweren. Nur noch eine Hand – dann ginge ich aus der Thür, und meine Sachen möchte sie mit dem Knecht mir nachschicken.

Aber ich bekam keine Hand. Statt dessen sah ich, wie ihre Augen immer schwerer wurden von großen Tropfen, die endlich überflossen. Das mochte ein Anderer mitansehen und dabei still schweigen wie ein gemalter Türke. Doch war ich noch besonnen genug, nicht zu viel zu sagen.

Ich wisse wohl, sagt' ich, sie habe ein gutes Herz und es thue ihr leid, daß ich fortginge. Aber sie werde sich bald trösten. Ich hätte sie zu lieb, um nicht zu merken, was vorginge, und daß es zwischen ihr und dem Verwalters-Aloys so gut wie richtig wäre. Nun, wenn sie ihr Glück dabei finde, müsse es mir schon recht sein. Ich – was hätte ich überhaupt für ein Recht, in Glück oder Unglück irgend eines guten Mädchens mich einzumischen?»Frau Pfadfinderin« sei kein Titel, der den Ehrgeiz eines hübschen und lieben Frauenzimmers reizen könnte, und auch»Madame Lederstrumpf« möchte Keine gern heißen. Dazu sei ich ein Mensch ohne Habe und Hof, liegende Gründe oder sonstigen Unterbau, auf dem ein solides Hauswesen zu erbauen sei, während der Aloys –

Aber zum zweiten Mal ließ sie mich mein Sprüchlein über diesen bevorzugten Sterblichen nicht zu Ende bringen.

Es ist gar nichts daran, sagte sie rasch, weder ganz noch halb, und Sie sollten mir das wohl zutrauen, daß ich nicht nach Geld sehe, oder danach, ob Einer aus Lieb' um mich sich wie ein Narr geberdet. Wissen Sie wohl, daß ich nur darum so früh von der Kirchweih weg bin, weil er mir nicht von der Seite wollte und absolut meinte, heute müsse es richtig werden, oder nie? Lieber das Letztere, dacht' ich, und suchte schon seit zwei Stunden nach einer Gelegenheit, heimzufahren, ohne die Eltern zu incommodiren. Siedigheiß überlief's mich bei seinem Gerede und Gethue, obwohl er nicht wüst that und auch wenig trank und ich wohl weiß, wenn ich ihn nähme, ich könnte ihm noch Manches abgewöhnen. Aber einen Mann haben, aus dem ich erst was Rechtes machen müßte, statt daß er mich in die Lehr' nähm', das ist nicht mein' Sach'. Ich habe es ihm gerade heraus gesagt, und es wundert mich noch, daß er's mir nicht übel genommen. Aber er ist halt blind und vernarrt, Gott weiß warum. Plötzlich war mir's, als hört' ich eine Stimme rufen: ich müsse heim, es koste sonst mein Leben! und ich dachte mir: am Ende ist Feuer ausgekommen, oder das Liesi in den Fluß gestürzt, und ich könnte mich nie wieder zufrieden geben, daß ich's versäumt hätte, um auf der Kirchweih zu tanzen. Ich sagt's den Eltern, mir wäre so unstet und angst, ich wolle heim, und sie konnten mir's auch nicht ausreden; ich bat den Braumeister vom Kloster drunten, der ohnedies heim wollte, er möchte über die Mühle fahren und mich mitnehmen. Und nun komm' ich und Alles steht wie es stand, nichts verbrannt und verunglückt – aber Sie – Sie wollen fort! Es hat mich doch *recht* gewarnt – ich wußte – es *war* was, das mir ans Leben geht! –

Sie hätten hören sollen, wie sie das sagte, mit ihrer gedämpften Glockenstimme, ganz ohne Seufzen und Mauzen, aber wie wenn Jemand sein eignes Todesurtheil sich vorläse. Und ich dabei, dem es wie Begnadigung und Erlösung klang! Denn obwohl ich wußte, ich war ihr werth – eine so feste und starke Liebe hatte ich mir nicht eingebildet.

Nun, ich will Ihnen, was nun folgt, ersparen; es nimmt sich so was curios aus, wenn man's weiter erzählt. Aber daß ich in dieser Stunde Alles vergaß, meine Armuth, das Weltumsegeln, Alexander von Humboldt und alle meine Studien über die Entwickelungsgeschichte der niederen Thiere – und nichts dachte und wußte, als daß dies herrliche Mädchen für mich auf der Welt sei und Niemand sonst gehören wolle, das werden Sie begreiflich finden. –

Als wir erst ein wenig zu uns gekommen waren und die Augen ausgerieben hatten, gingen wir, die Arme Eins um den Nacken des Andern gelegt, wohl eine Stunde hier auf und ab und wurden nicht müde, uns von den letzten Monaten zu unterhalten, wie es Jedem zu Muth gewesen sei, woran er's zuerst gemerkt, was ihm Muth gemacht und ihn wieder niedergeschlagen habe. Dann erzählte sie mir auch bald, da sie doch einmal die praktischere von uns Beiden war, sie habe ein kleines Vermögen von ihrer Mutter her, und es reiche gerade fürs Erste, um eine Haushaltung anzufangen, zumal so eine landstreichende, wie sie mir bequem und für meine Wissenschaft nöthig sei. Die Eltern würden sie ungern weggeben, aber sie denke im Hause nicht zu sehr zu fehlen, da die Kinder doch aus dem Gröbsten heraus seien, und wenn es mit dem Aloys richtig geworden wäre, hätte sie ihnen doch auch gefehlt. Und ich sollte keine Sorge haben, als ob sie mich hindern würde, sie wolle es schon machen, daß sie immer nur dann für mich da sei, wenn ich sie gebrauchen könne, selbst zu Schiff wolle sie mir folgen, bis ans Ende der Welt – und so fort, die lieblichsten Sachen, daß ich immer mich halten mußte, es nicht dem Aloys nachzumachen und mich vor Liebe und Wonne wie ein Narr zu geberden.

Das war eine Stunde wie im Himmel. Aber es ist dafür gesorgt, daß der Himmel nicht auf die Erde herabkommt oder die Bäume nicht hineinwachsen.

Denn nachdem wir ein wenig ruhiger geworden waren und wieder an Anderes denken konnten, sagte sie, sie wolle nur einmal einen Sprung hinunter thun, nach den Kindern zu sehen und das Essen für die Nacht zu richten, sie komme dann schon wieder herauf. So blieb ich allein, setzte mich aufs Bett, da mir alle Glieder bebten von dem Freudengewitter, das ich ausgehalten, und sann in der Dämmerung seelensfroh über Alles nach, was nun kommen sollte, und wiederholte mir jedes holde und kluge Wort, das sie mir gesagt hatte. Auf einmal höre ich drunten auf der Straße einen Wagen heranreisen, aber nicht im Trabe, und achte es erst nicht, bis ich laute und jammervolle Stimmen vernehme und Wehgeschrei, wie es Bauernkehlen ausstoßen, wenn ein plötzliches Unglück hereinbricht. Die Stimme meines Mädchens war aber nicht darunter. Also ließ ich mir Zeit, aufzustehen und ans Fenster zu treten. Da sah ich denn freilich, was mich heftig erschreckte. In dem Chaischen, mit dem sie am Morgen ausgefahren, kamen meine guten Hauswirte zurück, der Mann aber hielt nicht die Zügel, sondern saß starr und still zurückgelehnt neben seinem Weibe, dem der Kopf auf die Brust gefallen war. Ein fremder Bursche war vom Bock gesprungen und berichtete den jammernd Herzugelaufenen, wie er das Paar gefunden, unten in einem Hohlwege liegend neben dem umgestürzten Wäglein, die Frau leblos, den Mann noch atmend, die Zügel in der geballten Faust, aber ohne Sprache und Besinnung. Auch das Pferd sei zu Fall gekommen und habe sich eben wieder aufgemacht und mit Schaum und Blut bedeckt zitternd still gestanden. Wahrscheinlich hätten sie in dem Zwielicht, und da der Herr Leidener den Wein verspürt, die abschüssige Stelle nicht beachtet, und statt zu hemmen und Schritt zu fahren, sei das Pferd über den Rand der Straße gestürzt und habe den Wagen nachgerissen.

Als ich hinunterkam, wie betäubt von dem jähen Wechsel von Freude und Jammer, waren die Dienstleute eben beschäftigt, die beiden schwerfälligen regungslosen Gestalten durch den dunklen Hausgang in ihre Kammer zu tragen. Die Afra stützte den Kopf ihres Vaters mit ihrer Schulter. Sie sah mich, wie ich mit meinem Kummergesicht an der Treppe stehen blieb, im Vorbeigehen mit einem seltsam entgeisterten Blick an, der mir durch Mark und Bein ging. Aber sie hatte keine Thräne vergossen, weinte auch den ganzen Abend nicht; dazu blieb ihr keine Zeit, da sie, während die Anderen den Kopf verloren und auch ich nicht viel nutz war, allein für Alles zu sorgen, nach dem Bader zu schicken, Umschläge und Einreibungen zu verordnen, endlich die Kinder zu Bett zu bringen hatte, die theils in Schluchzen, theils mit großen Augen wie ein Nest voll Fledermäuse in der dunklen Küche beisammen hockten. Man hörte dann und wann die leise Stimme des Mädchens und ihr Ermahnen, das Heulen und Schreien zu lassen, es sei vielleicht noch Hoffnung. Mit mir sprach sie kein Wort; aber dann und wann streifte mich ein ganz hoffnungsloser Blick.

Der Bader, der erst nach einer Stunde kam, schlug dem Vater Leidener noch eine Ader, worauf er einen Augenblick zu sich zu kommen, ja die Afra zu erkennen schien. Dann aber verließ ihn das Bewußtsein für immer. Die Mutter, obwohl sich noch ein Federchen an ihrem Munde bewegte, war doch von Anfang an wie todt. Es müsse im Innern durch den Fall eines der Gefäße gesprungen sein und das Blut sich ins Gehirn oder die Lungen ergossen haben, erklärte der Dorfdoctor. Als er um Mitternacht ging, beherbergte das Haus zwei Leichen.

Ich war bis dahin der Afra nicht von der Seite gewichen, und wenn sie mir nicht schon über Alles theuer gewesen wäre, hätte meine Bewunderung über ihre tiefe Seelenstärke und die Wahrheit ihrer Empfindungen mich ihr ganz und gar gewonnen. Keinen Laut der Klage hörte man, kein müßiges Schwatzen, mit dem sich schwache Menschen Luft machen oder trösten wollen. Sie that, was die bittere Noth des Augenblickes erforderte, ohne Säumen und Seufzen, und doch war Keinem im Hause das Herz schwerer, als ihr. Denn sie hatte den Vater mit aller Kraft ihres jungen Herzens geliebt, und ich merkte es ihr wohl an, daß sie es sich als eine Art Schuld anrechnete, die seligste Stunde ihres Lebens genossen zu haben, während dieses theure Haupt hülflos und verlassen am wilden Wege lag und vielleicht mit dem letzten Hauch des Bewußtseins den Namen seines Kindes lallte.

So blieb sie auch die erste Nacht, nachdem Alles vorbei und keine Hülfe mehr zu bringen war, mit den Todten allein; nur eine alte Magd durfte im Nebenzimmer schlafen. Ich hatte mich erboten, mit ihr zu wachen, aber sie gab mir kopfschüttelnd die Hand und drängte mich sanft aus dem Zimmer. Ich meinte, irgend ein Zeichen würde ich doch erhalten, daß sie sich nun doppelt die Meine fühle, da sie ganz verwaist war. Aber es war, als sei dieser jähe Tod auch zwischen uns getreten, und sie gehöre sich nun wieder selbst an und es sei nichts unter uns vorgefallen. Nur die erste Erschütterung verwunden, dacht' ich, so wird sie sich wieder besinnen und zu mir zurückfinden. Und so sagte ich' ihr Gutenacht und ging auf mein Zimmer.

Den andern Tag aber schien es noch nicht so weit zu sein, und so auch den folgenden nicht. Sie war gut und still wie immer, aber doch wie wenn wir von vorn mit einander anfingen. In den langen Stunden, so oft sie im obern Stock oder auf dem Speicher etwas zu hantieren hatte, kein einziges Mal trat sie bei mir ein, oder stand, wenn ich ihr in den Weg trat, bei mir still, daß ich sie hätte in den Arm nehmen und ein paar trauliche Worte ihr zuflüstern können. Statt dessen schien ihr Blick, wenn er mich einmal streifte, nur trauriger zu werden.

Ich ertrug es endlich nicht, sondern stellte sie geradezu und fragte, was ihr sei und ob sie etwas gegen mich habe? – Nichts in der Welt, sagte sie. – Ob es denn anders sei als gestern und es sie gereue, was sie mir versprochen und daß sie mir gehören wolle? – Da war es, als stiege eine große Angst in ihr auf; sie athmete schwer und sah mich mit bittenden Augen an. Jetzt solle ich nichts weiter von ihr erfragen, flehte sie. Die Eltern seien noch nicht unter der Erde. Sie hätte aber mit mir zu reden, hernach. – Ob sie mich noch gern habe, nur das wollte ich wissen. – Immer und ewig, sagte sie mit ihrem innigsten Ton. Aber einen Kuß konnte ich nicht erhalten, und so entwand sie sich mir ohne rechten Trost, da ich nicht begriff, wie man in einem Athem geben und versagen könne.

Am dritten Tage endlich, als wir den Eltern die letzte Ehre erwiesen hatten, und vom Kirchhof unten im Dorf den Weg zurückgingen in unser ödes Haus – eine Menge guter Bekannter mit uns, die Kinder zu trösten und so etwas wie einen Leichenschmaus oben in der Mühle witternd – da nahm sie einen Augenblick wahr, während ich eben an ihrer Seite ging, und raunte mir zu, ich solle Nachmittags auf meinem Zimmer bleiben, wenn der Zulauf vorüber sei, wolle sie kommen mir etwas zu sagen.

Sie können denken, mit welchem Herzen ich Stunde auf Stunde hinunterhorchte, ob es noch kein Ende nehme mit der Condolenz. Aber es waren Verwandte von fern her gekommen, denen aufgewartet werden mußte, und erst da es schon dämmrig wurde, rollte das letzte Wägelchen vom Hause weg. Gleich darauf hörte ich ihren Schritt auf der Stiege, es kam mir aber vor, als gehe sie langsamer als sonst, wie Jemand, der eine Last treppauf trägt.

Als sie dann hereintrat, wollte ich sie umarmen, aber sie wehrte mir mit einer traurigen Geberde ab und saß auf dem Bett nieder, in großer Erschöpfung. So blaß sie war und die Augen geröthet vom Weinen, war sie mir doch nie so schön vorgekommen, und das Herz brannte mir immer ungestümer. Ich meinte, es müsse ihr selbst wohl thun, sich an eine treue Brust zu lehnen und wie ein krankes Kind ein wenig hätscheln zu lassen. Aber ich hatte so viel Respect vor ihrer ganzen Art, daß ich ihr nichts abdringen wollte.

Sie schwieg eine Weile, mehr wie um Athem zu schöpfen und eine wunde Brust ausruhen zu lassen, als wie wenn ihr die Worte gefehlt hätten. Denn als sie endlich zu reden anfing, merkte ich wohl, daß sie genau Alles erwogen und sich besonnen hatte, was sie thun wollte und sollte.

Lieber Wendelin, sagte sie, wir haben es uns so schön ausgedacht, aber es ist nicht Gottes Wille, wir Zwei sollen nicht zusammenkommen. Sehen Sie, als die Eltern so unglücklich nach Haus gebracht wurden, da meinte ich, das sei die härteste Strafe meines Lebens. Und nun muß ich erfahren, daß es noch etwas Härteres giebt, als um einen Todten sich härmen, der plötzlich Einem weggerissen wird mitten aus dem besten Leben: nämlich, wenn ein Lebender von Einem abgetrennt wird, daß man ihn für todt ansehen muß und doch weiß, er athmet noch, und man wird ihn weder vergessen noch wiedersehen. Auf derselben Stelle hier, wo ich vor wenigen Tagen den Himmel offen sah, ist mir's nun wie in mein eigenes Grab zu schauen. Aber ich weiß, wenn Sie mich zu Ende gehört haben, werden Sie mir Recht geben. Es hat sich nämlich gefunden, daß wir Kinder keine reichen Eltern mehr gehabt haben. Sie waren kaum auf der Bahre, da wurde mir schon das Haus eingelaufen von Menschen, die besser wußten, wie es um unser Vermögen stand, als ich selbst, und mit Gewalt die Ersten sein wollten, die sich bezahlt machten. Allerlei Unglücksfälle, bankerotte Schuldner, Rückgang im Geschäft und dann – hier stockte das gute Mädchen – Sie wissen, daß der Vater die letzten Jahre mehr in seine Experimente gesteckt, als gut war, und die Mühle manchmal darüber vernachlässigt hat. Es war seine Freude, und die Gaben und Kenntnisse, die er hatte, trieben ihn dazu. Aber nun steht es so, daß wir nicht viel besser als Bettler sind, und wenn mein Mütterliches und was an Holz- und Brettervorräthen da ist, versilbert wird, reicht es eben hin, uns schuldenfrei zu machen. Aber dann sitzen wir im kahlen Nest und müssen tagelöhnern oder von Neuem borgen, damit die sechs Mäuler nicht von der Luft leben.

Wie sie so weit gekommen war, schwieg sie wieder, denn das Schwerste war noch zu sagen, und sie wollte mir wohl Zeit lassen, es mir einstweilen selbst zu denken. Ich aber dachte an nichts Anderes, als daß sie mich nun erst recht nöthig hätte, und der Gedanke, einen jungen Hausstand mit fünf mehr oder minder unmündigen Schwägerinnen und Schwägern anzufangen, erschreckte mich keinen Augenblick. Das sagte ich ihr auch und war noch eher froh als betrübt, daß wir nun so einträchtig zusammen auf der nackten Erde säßen, als eine in ihrem Gott vergnügte Proletarierfamilie. Aber sie schüttelte ruhig den Kopf, nachdem sie mich hatte ausreden lassen, und sagte dann, sie danke mir's tausendmal, daß ich sie in der Noth nur um so lieber nähme, und wenn sie es allein wäre und hätte nichts, als ihre jungen Kräfte und was sie auf dem Leibe trüge – gewiß, sie würde nicht kleinmüthig sein und sich nicht schämen, mir eine Last zu werden. Aber sie müsse für ihre Geschwister sorgen, um so mehr, da es nur Halbgeschwister seien, und was es heiße, eine so große Familie durchzubringen, davon hätte ich mit all meiner Gelehrsamkeit und gerade ihretwegen keine Vorstellung, und Latein helfe da nichts, sondern Vernunft, und daß man sein Herz in die Hände nähme und mehr an Andere dächte, als an sich. Ich sollte doch nur rechnen, was es austrüge, auch wenn ich die schönste Anstellung bekäme, und wie es mir sein würde, wenn ich das Haus so voll hätte, daß für meine Thiere und Pflanzen kein Winkel frei bliebe, und wie ihr selbst zu Muthe sein müßte, mich in all meinen Plänen und Arbeiten gehemmt zu sehen, und für eigene Kinder, wenn wir welche bekämen, nichts übrig zu haben. Das würde uns alles Glück verbittern und ich die Stunde verwünschen, wo ich zuerst den Fuß über ihre Schwelle gesetzt hätte.

Ich wollte immer noch Allerlei einwenden, da sah sie mich aber mit einem Blick an, dem nicht zu widerstehen war. Machen Sie es mir nicht noch schwerer, sagte sie leise. Es *darf* ja doch einmal nicht sein, und jetzt – ist es auch zu spät. Ich habe mein Wort schon gegeben!

Himmel! da ging mir erst ein Licht auf.

Du nimmst den Aloys? rief ich, und es war, als hätte der Blitz neben mir eingeschlagen. Ich fiel auf einen Stuhl wie ein Unsinniger, und jetzt erst glaubte ich zu wissen, wie sehr ich das Mädchen geliebt hatte.

Sie ließ mich meinen ersten Grimm und Gram austoben, dann erst fing sie wieder an. Es müsse sein, sie sei es der Ehre ihres Vaters und der Liebe schuldig, die sie von ihrer zweiten Mutter erfahren. Wie schwer es ihr werde, das wisse nur Gott; aber sie vertraue, es werde doch nicht über ihre Kräfte gehen. Wie sie über den Aloys denke, das habe sie mir selber gestanden, und auch wenn er noch ganz ein Anderer wäre: sie habe kein so leichtes Herz, daß es sich mit jedem Winde von Einem zum Andern drehen könne. Auch bilde sich der Aloys nicht ein, daß sie über Nacht sich ganz gegen ihn geändert hätte. Aber er sei im Grunde der Seele ein guter Mensch, und wie er sich eben jetzt betragen, da er gehört, es stehe übel um ihre Umstände, und daß er sie dennoch gewollt, obwohl er sie mit einem verarmten Hause und fünf Geschwistern übernehmen müsse, das sei doch auch ein Zeichen von einer festen und redlichen Gesinnung, und sie hoffe, mit der Zeit werde es recht ordentlich gehen. Ein Trauerjahr habe sie sich ausbedungen, sie habe es nöthig, um die Todten und einen Lebenden so weit zu verschmerzen, daß sie keine zu unholde Miene dazu mache, wenn sie nun Wort halten solle. Aber damit es mir möglich ist, lieber Wendelin, müssen Sie mir versprechen, erstens, nicht ein feindseliges Herz von hier wegzutragen, und dann – nicht wiederzukommen, daß ich mir wirklich vorstellen kann, auch meinen besten Freund hätte ich heut zu Grabe getragen, und lebte das kommende Jahr wie eine Wittwe, die hernach der Kinder wegen eine zweite Ehe eingeht. Wollen Sie mir das zu Liebe thun? Sie werden es können, wenn Sie denken, daß ich das schwerere Theil zu tragen habe!

Damit stand sie auf und trat vor mich hin. Aber ich war noch nicht so weit mit meiner Vernunft oder Unvernunft wie sie, und es lebte noch Alles zu frisch in mir, um mich so nach einem Händedruck zu den Todten werfen zu lassen. Das merkte sie mir wohl an.

Und glaube doch nicht, sagte sie – das »Du« that Wunder – glaube nicht, Wendelin, daß ich mir das Alles so kaltblütig überlegt habe, so der Reihe nach wie ein Rechenexempel, wenn ich's auch jetzt, wo es fertig ist, und ich die Summe richtig gefunden, so vor dich hinstelle, als könne es nicht anders sein. Tausendmal und immer wieder habe ich mit Jammer und Angst mich gefragt, ob es denn wirklich nicht anders sein kann, und wie lieb ich dich habe, wie du mir ins innerste Herz hineingewachsen bist, das habe ich so heftig gespürt, daß ich gemeint hab', ich komme nicht darüber hinaus, es sprengt mir geradezu Leib und Seele auseinander, wenn ich dich nicht haben kann. Aber siehst du, gerade weil du mir lieber bist, als mein Leben, *muß* es so sein, ich *darf* dein Leben nicht verderben, wie ich thät', wenn du eine ehr- und gewissenlose Frau nähmst, die ihrer Pflicht weggelaufen wär' in deine Arme hinein. Das wär' eine schöne »Frau Pfadfinderin«, die so in die Irre gegangen wäre. Mein lieber, liebster Wendelin, glaub doch nur Das nicht, daß ich die Kraft dazu gefunden hätt' aus Lieblosigkeit. Herrgott – wenn du mir ins Herz sehen könntest –

Da verließ sie wirklich ihre Standhaftigkeit, und mit hell ausbrechenden Thränen fiel sie mir um den Hals, und hing so jämmerlich schluchzend in meinen Armen, daß ich meinte, sie vergehe mir unter den Händen.

Das half mir aus meiner Versunkenheit besser als die besten Worte. Ich merkte, es gehe nicht an, daß ich sie Alles allein durchkämpfen ließe, ich müsse zeigen, daß ich ihrer werth gewesen. Und so richtete ich mich auf, nahm das einzige Mädchen noch einmal an mein Herz, und hielt es so, wie man sich zum Abschied auf Tod und Leben aneinanderschließt. Dann ließ ich sie behutsam auf einen Stuhl nieder, küßte ihr noch ein letztes Lebewohl auf die Stirn und riß mich dann von ihr weg, zur Thür hinaus, die Stiege hinunter, ohne Umsehen die Straße nach dem Dorf hinab, bis ich auch das hinter mir hatte. – –

*

Denselben Abend wanderte ich noch drei oder vier Meilen weit, schlief irgendwo in einer verlassenen Blockhütte und kam des andern Tages spät nach der Stadt. Ich besuchte natürlich keinen Menschen und ging immer erst des Abends aus. Nach einer Woche war ich mit all meinen Zurüstungen so weit, daß ich die Reise um die Welt mit leichtem Koffer und schwerem Herzen antreten konnte.

Nun, von dieser Reise wissen Sie genug, haben vielleicht mehr, als Ihnen lieb war, davon hören müssen. Denn unser Freund, der rothe Wenzel, das ewige Fragezeichen, konnte mich ja nicht fünf Minuten hinter meinem Schoppen sitzen sehen, ohne die Rede auf meine Weltumseglung zu bringen. Apropos, was ist denn aus ihm geworden? Sagt er noch immer zu Allem, was man ihm erzählt: »Merkwürdig! höchst merkwürdig!« und seufzt dabei über seine frühe Heirath, die seinen Horizont so eng begrenzt habe? Todt? Unser kleiner Wenzel todt! Nun, so wird er ja endlich einen Horizont gefunden haben, der seinem Wissensdrang entspricht, wenn anders unser Herrgott im Antworten so geduldig ist, wie ich es war. Aber so gern ich ihm auf alle geographischen, ethnographischen und naturwissenschaftlichen Fragen nach Kräften Bescheid gab, in Einem Punkt, entsinnen Sie sich wohl!, mußte ich seine Forschbegierde unbefriedigt lassen. Ueber die Frauenzimmer, braune und gelbe, weiße und rothhäutige, zeigte ich mich schlecht unterrichtet, was unserm Freunde von allem »höchst Merkwürdigen« das Merkwürdigste schien. – Ich suchte diese offenbare Lücke in meiner Bildung durch eine ziemlich fadenscheinige Weiberfeindschaft im Allgemeinen zu bemänteln und vertheidigte, wie Sie vielleicht noch wissen, mit Vorliebe den Satz, daß keine Thiergattung weniger Varietäten unter allen Himmelsstrichen aufzuweisen habe und für eine naturhistorische Betrachtung unergiebiger sei, als das Weibchen von homo sapiens, Linné. Kenne man Ein Exemplar, so kenne man alle, bis auf kleine Schattirungen in der Farbe, die nicht tiefer als bis zur Haut gingen. So mannigfach die Männer organisirt seien – ich war damals noch ein Anhänger der Racentheorie – so einförmig die Weiber, und darum hätte ich auf meiner Weltfahrt überall etwas Wichtigeres zu thun gefunden, als mich mit Weibern abzugeben.

Ich glaube, ich spielte meine sarkastische und cynische Rolle so täuschend, daß ihr Alle daran glaubtet und Keiner ahnte, welch ein sentimentaler Esel sich in dieser Löwenhaut vermummte. Dieser Ausdruck ist nicht zu stark für meinen Zustand, denn ich versichere Sie, man braucht kein Versmacher zu sein, um die Heine'sche süße blöde Jugendeselei an seiner armen Seele zu erfahren, halbe Nächte zu Land und Meer wie im Fieber zu verwachen und manchmal zu flennen wie ein altes Weib, weil man sich in sein Schicksal noch nicht schicken kann. Sie werden das unter uns lassen, ich erwähne es nur, weil es doch einmal dazu gehört und Ihnen auch beweist, was an dem Mädchen war; denn eine Erste Beste hätte mir's nimmermehr bis zu solchem Grade angetan, daß mir die niedlichsten Malayinnen, Japanesinnen, Spanierinnen und Creolinnen wie Zuckerwasser nach echtem Johannisberger vorkamen. Nun, jetzt kann man davon reden, es ist viel Wasser seitdem den Berg hinab gelaufen und der alte Johannisberger steigt nicht mehr zu Kopf, er wärmt nur noch den alten Magen.

Also, wo war ich stehen geblieben? Richtig, dabei, daß Alles beim Alten blieb und das alte Sprichwort sich wieder einmal bewährte: den Himmel ändert man, nicht das Herz, wenn man übers Meer geht. Zwei Jahre dauerte die große Expedition. Dann trieb ich mich noch erst ein volles drittes in Europa herum, eh' ich mir ein Herz faßte, auch einmal wieder in diese Gegend zu kommen, wohl verstanden, nur in die Stadt. Denn an eine Wanderung ins Gebirge hinaus und an ein Vorsprechen in der Schneidemühle dachte ich gar nicht, da ich mein gegebenes Wort noch wohl in der Erinnerung hatte und es für Beide am Besten war, die Todten todt und begraben sein zu lassen.

Aber es sollte durchaus nicht so glatt abgehen.

Im Bären nämlich, wo ich abstieg, kam mir gleich beim Eintritt in die Wirthsstube ein Gesicht entgegen, das mich wie ein Gespenst erschreckte, obwohl es rothe Backen, ein paar lustige Augen im Kopf und gar keine Grabesstimme hatte. In dem Sommer, den ich hier draußen zugebracht, hatte eine arme junge Base der Leidener's ebenfalls hier gehaust, theils um etwas von der Wirtschaft zu lernen, theils auch weil die Frau immer schwerfälliger wurde und die Afra nicht wohl Alles allein beschicken konnte. Das gute Kind, etwa siebzehn Jahre alt, war für alle Wohlthat, die ihm im Hause und zumal von der ältesten Tochter zu Theil wurde, so dankbar, daß ich sie oft sagen hörte, nie gehe sie fort, so lange man sie noch irgend brauchen könne, und wenn sie darüber alt und grau und eine alte Jungfer werden müßte. Denn besser könne sie's nirgends finden. Und dasselbe hatte sie auch nach dem jähen Tode der Eheleute wiederholt betheuert.

Daß ich sie nun dennoch schon nach drei Jahren hier in der Stadt antraf, war mir auffallend, zu allem Schrecken, den ich davon hatte, überhaupt einem Menschenkinde zu begegnen, das von der Schneidemühle kam und um die Dinge draußen Bescheid wußte. Nie hatte ich danach fragen wollen und gehofft, gewisse Namen nie wieder aussprechen zu hören, und nun sollte die erste Stunde in der Stadt meine schönsten Kartenhäuser von Entsagung und Standhaftigkeit über den Haufen werfen.

Was ich zu hören bekam, hätte freilich einen Jeden erschüttert, der nicht gerade von einem hyrkanischen Tiger und einem Jaguarweibchen abstammte. Denken Sie sich: das Mädchen, ich meine das Bäschen, hatte es in der Mühle nicht länger aushalten können, weil es ihr das Herz abdrückte, mitanzusehen, wie der junge Hausherr seine Frau schlecht behandelte und die Ehe von Woche zu Woche unglücklicher wurde, obwohl, je wüster er es trieb, die Afra desto mehr sich wie eine Heilige benahm, wenn es, wie das Mädchen sagte, überhaupt lutherische Heilige giebt. Sie hatte sich, da nur wenige Gäste zu bedienen waren, zu mir gesetzt, der ich mich in eine dicke Rauchwolke hüllte, damit die Kleine nicht merkte, was ich zu ihren Neuigkeiten für ein Gesicht machte. Nun kriegte ich die ganze Historie der drei Jahre zu hören.

Im Anfang sei es nicht übel gegangen, der Aloys ganz wie sich's gehört hinter dem Geschäft her, das er wieder recht ordentlich in Schwung brachte, die Kinder gut gehalten und die Afra, wenn auch noch immer ernst, wie natürlich, da sie trotz dem Hochzeitjubel den Tod der Eltern nicht so rasch verwunden hatte, so doch nicht unzufrieden und gegen ihren Mann immer gleichmüthig und freundlich. Und dem Aloys habe man es nie angemerkt, daß er geglaubt hätte, ihr eine besondere Ehr' oder Gnade anzuthun, da er sie geheirat, obwohl sie Nichts mehr hatte, sondern im Gegentheil, er habe sie sehr respectirt und sich in Allem nach ihrem Rath und Willen gerichtet. Das sei so angegangen bis zum ersten Kindbett. Da habe es zuerst Verdruß gesetzt, weil es ein Mädchen gewesen, statt eines Buben, auf den der junge Vater stark gerechnet. Und da die Mutter nur mehr für das Kind gelebt, auch länger als andere Frauen bleich und elend herumgeschlichen sei, habe sich die große Liebe und Verehrung des Aloys nach und nach ins Gegentheil verkehrt, er habe es ihr zu verstehen gegeben, daß er doch wohl einen dummen Streich begangen, sie zu heirathen mit dem Rudel Geschwister und jetzt dem Fratzen in der Wiege, für den sie allein noch auf der Welt zu sein scheine, und überhaupt merke er, daß sie nicht bloß um den Vater so still und trübselig sei, sondern überhaupt eine Duckmäuserin, wie es ja die meisten Lutherischen sein sollten, vielleicht weil sie wissen, daß sie jenseits verdammt sein werden und darum auch diesseits kein so recht fideles Gemüth haben könnten, wie ein guter katholischer Christ, dem droben im Himmel sein Bettchen schon gemacht ist.

Auf all solche Reden, mit denen er sogar vor den Kindern und Dienstboten nicht zurückhielt, habe die Afra nie ein böses Wort erwiedert, sondern nur gesagt, sie sei noch schwach vom Wochenbett, und viel zu lachen oder zu schäkern sei nie ihre Art gewesen, er müsse das ja selber wissen. Aber ihre Sanftmuth brachte ihn nur immer mehr auf, so daß sie selber froh war, wenn er nur das Haus verließ und draußen seinen Geschäften nachging. Sie sorgte nach wie vor, daß es ihm an nichts fehlte, daß er über nichts mit Grund zu klagen hatte. Aber es war einmal verschüttet. Nun that sie dazu, daß ihre Halbgeschwister gut untergebracht wurden, bei Verwandten, denen sie die Kost bezahlte, die Buben in Schulen, nur das jüngste Mädchen von zwölf Jahren blieb noch im Haus, und die Aelteste verheirathete sich. Er durfte also nicht mehr klagen, daß er sich in seinem eigenen Hause nicht rühren könne, so viel Sippschaft habe er mit in die Ehe überkommen. Und doch, je mehr sie that, was ihm lieb sein mußte, oft gegen ihr Herz, je unguter ward er zu ihr.

Da sei es einmal zu einem Ausbruche gekommen, einer heftigen Scene – um was es sich gehandelt, wußte das Mädchen nicht zu sagen. Mit Niemand habe die Frau davon gesprochen. Aber von dem Tage an sei die Hölle im Hause gewesen, der Aloys nicht wiederzuerkennen, all seine guten Manieren, sein Fleiß und seine Billigkeit gegen Jedermann plötzlich wie weggeweht, dafür nur ein um so trotzigerer Bauernstolz und Eigensinn, und Niemand habe mehr Gewalt über ihn gehabt, als höchstens ein einziger Mühlenknecht, den er sich gemiethet, weil er sich nebenbei gut auf Pferde verstanden. Der habe ihn zu allerlei schlimmen Dingen angeleitet, ihn in die Wirthshäuser rings in der Nachbarschaft zum Kegeln und Trinken gebracht, ja auch an schlimmere Orte. Es sei da eine halbe Stunde von der Mühle auf einem Gehöft eine Wittfrau noch bei jungen Jahren, ein verrufenes Weib, mit der habe der Aloys angebändelt, daß alle Leute davon gesprochen hätten. Die Afra hatte es natürlich zuerst erfahren. Aber kein Wort darüber, nicht eine Miene oder einen bösen Blick. Es sei übermenschlich, was sie für eine Macht hatte, sich nichts anmerken zu lassen, gerade wenn es ihr am wehesten ums Herz sei. Sie aber – das Bäschen – sei anders, bei ihr müsse es immer gleich über die Lippen springen, was sie auf dem Herzen hätte. Und da habe sie kein Blatt vor den Mund genommen und gerad' 'rausgesagt, wie schändlich die Frau gehalten werde, und daß es dem Aloys noch einmal bös bekommen müsse, und so Reden mehr. Als aber die Afra davon gehört – denn jener Knecht machte im Hause den Horcher und Angeber – da habe sie ihr gekündigt. Sie könne keine Leute im Hause brauchen, die über den Herrn raisonnirten. Nun, und ihr selber sei es am Ende recht gewesen. Denn, wie gesagt, das Herz wäre ihr gesprungen, wenn sie das Märtyrerthum noch länger hätte mit ansehen und dazu stillschweigen sollen.

Ich hatte mir dies Alles berichten lassen und keine Silbe dazu gesagt. Denn eine ganz wahnsinnige Zornwuth tobte in mir und schnürte mir die Kehle zusammen, zugleich ein Gefühl der schnödesten Selbstverachtung, daß ich einem solchen Menschen mein Mädchen überlassen und mich mit ein paar armseligen Vernunftgründen hatte abspeisen lassen. Mir war also das Stöhnen und Schnauben näher als das Sprechen und ich zerbiß meine Pfeife, um nur nichts von Dem auszurasen, was in mir kochte.

So konnte es nicht fortgehen, das stand fest. Gleich am andern Tag mußte ich hinaus und mit eigenen Augen sehen und überlegen, was noch zu retten war, und ob sie nicht jetzt ihren alten Freund, den Pfadfinder, brauchen konnte, der in noch viel verworreneren Sackgassen in den Urwäldern Amerika's gelernt hatte, sich den Weg mit der Axt zu hauen.

Damals gab es noch keine Eisenbahn zwischen der Stadt und den Bergen, und die Postschnecke, die einen ganzen Tag, und keinen von den kürzesten, brauchte, um hier herauszukriechen, hatte ich schon in meinen langmüthigsten Tagen hundertmal verwünscht und verschworen; wie hätte ich's erst mit dem Fieber, das jetzt in mir brannte, in ihr ausgehalten! Zu Fuß zu gehen wäre mir am dienlichsten gewesen, um eben jenes Fieber verdampfen zu lassen. Aber ich fühlte mich, nachdem ich drei Jahre versäumt hatte, moralisch verpflichtet, nun keine Stunde länger als durchaus nöthig, fernzubleiben, wo man meiner so sehr bedurfte. Am liebsten wäre ich noch in der Nacht aufgebrochen. Da ich aber beschlossen hatte, ein Pferd zu besteigen – die beste Art zu reisen, wenn man auf Abenteuer in Wildnissen ausgeht – so mußte ich bis morgen warten, indem für einen nächtlichen Ritt nirgendwo ein zuverlässiges Thier aufzutreiben war.

So verbrachte ich eine böse Nacht, vielleicht die peinlichste und verworrenste meines Lebens. Denn ich war nicht klarer darüber, wie ich es draußen finden würde, als über das, was geschehen sollte. Ich hatte mein Recht auf das Mädchen aus der Hand gegeben. Unter welchem Titel kam ich jetzt, mich in ihre zerrüttete Ehe zu mischen? Wenn der Mann mich einfach aus der Thür schob und hinter mir zuriegelte, war er nicht in seinem Recht? Auf eine scharfe Standrede über den Text, er solle Respect vor seinem Weibe haben und sie nicht unglücklich machen, hörte ich schon die Antwort, nicht gerade im gehobeltsten Stil, und wenn ich etwa Händel mit ihm suchen und ihn herausfordern wollte, – war er noch Polytechniker oder Forstakademiker genug, um als Familienvater mit einem hergelaufenen alten Liebhaber seiner Frau ein paar Kugeln zu wechseln?

Die Sache nahm sich immer hoffnungsloser aus, je länger ich sie beim Lichte einer schlaflosen Nacht in mir herumwälzte. Und doch, hinaus mußte ich, es mochte kommen, was da wollte, und das Gelübde, das ich ihr gethan, todt für sie zu sein, war das Letzte, was mich zurückhielt. Wozu sind Revenants erfunden, als um Denen über den Weg zu spuken, die verlassene Schätze nicht wohl zu hüten wissen, oder gewissenlos vergeuden? Ich lebe und bin noch stärker als alle Todten sind! rief ich und ballte die Faust gegen den

Räuber meines Glücks, der selbst nichts damit anzufangen gewußt hatte. Und über solchen Nachtgedanken wurde es endlich Tag.

Ein kalter, grauer Herbsttag; so daß ich die langen Stunden auf meinem Klepper, der kein hitziger Traber war, mehr als billig gefroren hätte, wäre nicht das Fieber meiner Gedanken gewesen, das mir alle Pulse wärmte. Aber so schnell sie klopften, mein Thier kümmerte sich nichts darum. Mehr als einmal mußte ich eine lange Rast machen, füttern und noch die besten Worte geben, bis man sich zur Weiterreise entschloß. Und so kam ich erst am späten Abend unten im Posthause des Dorfes an.

Sie erkannten mich dort und wollten mich mit aller Gewalt festhalten, die eine Nacht wenigstens. Ich ließ ihnen aber nur meine schlechtere Hälfte, den Gaul, indem ich vorschützte, meine Freunde in der Schneidemühle wüßten schon, daß ich unterwegs sei und würden mir's sehr übel nehmen, wenn ich eine halbe Stunde weit von ihnen Quartier machte. Ich merkte an den Gesichtern des Postmeisters und seiner Frau, daß es seine Richtigkeit mit Allem hatte, was ich von der kleinen Kellnerin im Bären hatte hören müssen. Aber ich that nicht dergleichen, ich hätte keinen Nachbarklatsch über die Afra mehr ertragen, ehe ich sie selbst wiedergesehen, es war, als wiese Alles mit Fingern auf mich: »Du bist Schuld daran! Warum warst du zu feige, sie auf Tod und Leben dir zu erobern und dem Glück abzutrotzen!« – und so sagte ich mit abgewendetem Gesicht Gutenacht und trat das letzte, schwerste Stück meiner Tagereise an, in einer Aufregung, die sich nicht beschreiben läßt. Ich weiß nur, daß mir die Zunge hart und dürr, wie eine Papageienzunge, im Munde klebte, daß ich mehrmals still stehen mußte, um zu horchen, wer denn da neben mir rede, und dann merkte, daß ich selbst vor mich hin gewüthet hatte – wie man im Dunkeln pfeift, um sich die Gänsehaut zu vertreiben. Vor wem fürchtete ich mich? Wahrlich nicht vor ihm. Ich brannte vielmehr darauf, mich mit ihm zu messen, gleichviel auf welche Waffen, Wort oder Faust. Aber ihr vors Gesicht zu treten, ihre Leiden auf ihren verblaßten Wangen, in ihren matten Augen zu lesen und meine Augen niederschlagen zu müssen in dem Gefühl: wenn du damals ein rechter Kerl gewesen wärst und dir was zugetraut hättest, es wäre anders gekommen. Aber sie kannte dich, und darum traute sie selbst dir nichts zu. Und das ist nun das Ende!

Es fror mich zum ersten Mal am ganzen Tage; ich bereute jetzt, daß ich die Einladung der Posthalterin, erst etwas Warmes zu genießen, ausschlagen hatte. Dabei war die Luft stiller geworden, der feine, fröstelnde Regen hatte aufgehört, über dem Fluß, der stark angeschwollen war, blitzte sogar ein schwaches Mondlicht, wenn die Wolken einen Augenblick zerrissen. Das schien mir so unheimlich, und ich fürchtete überdies, von irgend einem bekannten Menschen eingeholt und in meiner ganz unmenschlichen Verfassung zum Reden genöthigt zu werden, daß ich einen einsamen Richtweg einschlug, den ich damals oft genug gewandelt war. Und doch, und obwohl ich seitdem mein Pfadfinderorgan noch erheblich entwickelt hatte, in jener Nacht verirrte ich mich wie ein wildfremder Neuling. Möglich auch, daß meine Furcht mir den Streich spielte, mich noch eine Weile im Kreise herumzuführen, ehe ich wirklich an der wohlbekannten Schwelle anlangte. Ich sah mehr als einmal das Haus und drüben das Dach der Mühle aus den Gärten auftauchen. Noch dreißig Schritte, so hatte ich's erreicht. Dann fand ich mich unversehens wieder im stichdunklen Forst und hörte ganz aus der Ferne das Wasser durch die stille Nacht brausen.

Plötzlich aber – ich muß geradezu wie ein Blinder herumgetappt sein – plötzlich sehe ich dicht vor mir den Gartenzaun hinter ihrem Hause, und wie ich die Hand ausstrecke, halte ich den Griff an dem Pförtchen, das da drüben ins freie Wiesenland hinausführt. Nun war's geschehen, nun konnte ich die letzte Frist nach Minuten zählen. Und ich war auch entschlossen, sie nicht zu verlängern, das Herumirren in der öden Finsterniß mit dem feigen Diebeszittern in allen Gliedern war unerträglicher als jeder gewaltsame Schlag.

Also klinkte ich die Thür auf und trat in den dunklen Baumgarten. Das Haus dahinter sah ich nur als eine dunkle Masse, Alles schien zu schlafen, aus keinem Fenster auch nur der leiseste Lichtschimmer.

Aber ich hatte noch keine fünf Schritte gethan, da bewegte sich was unter dem Pflaumenbaum, der in der Mitte steht, wo die Bank ist, auf der wir in guten Tagen so manchmal gesessen hatten, schwatzend, oder mit einem leichten Geschäft, zu Zweien oder zu Vieren. Es schien Jemand dort gesessen zu haben und aufgeschreckt zu sein, als die Thür in ihren Haspen knarrte. – Der Schrecken versteinerte mich, daß ich nicht vorwärts konnte. Wenn Er es wäre, dachte ich – gleich jetzt, hier in der einsamen Nacht, machst du deine Rechnung mit ihm richtig.

Ich faßte unwillkürlich meinen Stock fester in die Faust – eine andere Waffe hatte ich nicht. Wer ist da? rief ich. Aber das Wort war noch nicht ganz aus der Kehle, da hör' ich schon einen halb erstickten Aufschrei, und im nächsten Augenblick stürzt eine zitternde, schluchzende, sich fest anklammernde Gestalt an meinen Hals, daß ich alle Kraft aufbieten mußte, nicht zu Boden gerissen zu werden.

Wir mögen wohl eine gute Weile so gestanden haben, denn es dauerte lange, bis ich nur überhaupt zu Athem kam, so heftig hatte sie im Krampf ihres Schmerzes sich an mich angeschmiedet, in einer fassungslosen Leidenschaft, wie ich sie ihr niemals zugetraut hatte. Denn auch damals, als wir Abschied nahmen, war etwas Maßvolles, ein Rest von Ueberlegenheit über ihr Schicksal in ihrem Betragen, so bitterlich weinend sie mir am Halse hing. Aber ich merkte wohl, wie Vieles seitdem an ihrer Kraft genagt hatte, daß sie mir nun so jammervoll zerbrochen, förmlich aus allen Fugen gerissen, in den Armen lag und keinen andern Halt mehr zu haben schien, als mich.

So empfangen zu werden hatte ich nicht erwartet. Aber es that mir unsäglich wohl. Alle Zwiespältigkeit meiner Armensünderstimmung war auf Einen Schlag von mir gewichen, ich fühlte mich als den natürlichen Rächer und Retter dieses mißhandelten, geliebten Lebens, und wahrhaftig, wie ich sie so an meiner Brust hielt und das Zucken ihrer armen Glieder empfand, – mehr als ein Bruder redete ich ihr zu, denn als ein Mensch, der eine verzehrende Sehnsucht nach diesem Weibe über Land und Meer mit sich getragen und endlich es erreicht hatte, das versagte Glück ans Herz zu drücken.

Sie ließ mich lange reden, ohne nur ein Wort zu erwiedern. Aber endlich schien der Krampf des Schluchzens sich zu stillen und ihre Arme lösten sich von meinem Halse. Sie trat einen Schritt zurück, als wenn sie jetzt erst Zweifel empfände, ob ich es denn auch wirklich sei. Es war nicht hell genug unter den Bäumen, daß Eins des Andern Züge deutlich hätte erkennen können. Ich sah nur das Weiße in ihren Augen schimmern und ihre schönen Zähne, als sie jetzt die Lippen öffnete, um das erste Wort zu sprechen.

Bist du's denn wirklich? sagte sie ganz leise. Nun glaube ich Alles, was man von Wundern und Ahnungen erzählt. Denke, vor einer halben Stunde – drin im Hause – es war der bitterste Augenblick meines Lebens, und ich dachte, ich könnte ihn nicht überleben – ich müsse mir ein Leids anthun – und schon suchte ich mit den Augen im Zimmer herum, wo ich ein Messer fände oder sonst etwas Spitzes, mir's ins Herz zu bohren, daß der Jammer darin nur einmal stille würde – da ist mir's, als hörte ich deutlich draußen vorm Garten meinen Namen rufen – dreimal – genau mit Deiner Stimme, wie sonst – wenn Du nach Hause kamst und mich etwa eben an einem Fenster gesehen hattest. Und bei dem ersten Ruf wird es ganz ruhig in mir, beim zweiten überläuft es mich wie eine Flamme, daß ich meine, es ist mein Tod, beim dritten, der fast wie von der Schwelle her klang, stürz' ich aus der Thür und denke, Du stehst dahinter. Aber da war nichts als die todtenstille, schaurige Nacht, und ich suche unter den Bäumen auf und ab, bis ich auf die Bank hinsank, nun doppelt elend, denn ich hatte Dich wieder nahe geglaubt und es war nur ein Spuk gewesen. Jetzt, dacht' ich, ist er Dir wirklich gestorben – Du hast nichts gehört als seinen letzten Seufzer – und da war es mir, als müsse ich nur noch ein wenig warten, so werde es auch mit mir vorbei sein. Und wie ich eben recht ruhig in mir wurde, so wie zum Sterben, da ging die Gitterthür auf – Du riefst – und ich war an Deinem Halse!

Ich weiß nicht mehr, was ich darauf sagte, ich war wie im Traum und vergaß Alles, was geschehen war und was mich hergeführt hatte, nur daß ich wieder ihre Stimme hörte, die ganz eigne einfache Art, wie sie sich ausdrückte, und daß sie so *mein* geblieben war – das empfand ich, und das Glück darüber überwand in dem Augenblick alle anderen Gefühle.

Ich setzte mich auf die Bank und zog sie neben mich. Wir hielten uns fest aneinandergedrückt wie zwei Kinder, die vor einem Gewitter unter ein Dach geflüchtet sind und bei jedem Blitz dichter zusammenrücken. Ihre beiden Hände hatte sie in meine gelegt, ich streichelte sie ihr, da sie zitterten, sonst aber stand uns Beiden nicht der Sinn nach Liebkosen und Tändeln.

Ich weiß schon Alles, sagte ich endlich. Die Eva hat es mir gesagt, gestern Abend im Bären. Erzähl' mir nichts mehr. Laß uns lieber von zukünftigen Dingen sprechen. Alles weißt Du? sagte sie da mit einem dumpfen Ton, der mir durch die Seele ging. Ja wohl, Alles, was die Leute wissen! Das wäre immerhin schon genug, Einem die Hölle auf Erden zu schaffen. Aber es ist noch nicht das Halbe, was ich auszustehen habe.

Ich will nicht sagen, daß Er allein Schuld ist. Ich hätte wohl noch anders sein können, und anders thun. Aber Gott ist mein Zeuge: nach der ersten Stunde, daß ich ihn genommen habe ohne Liebe, habe ich Tag und Nacht darauf gesonnen, wie ich's nun doch noch richten könnte, daß wir Zwei ein rechtes Leben miteinander führten. Er wußte es ja auch, vernarrt bin ich nie in ihn gewesen und hätte lieber ledig gelebt, als ihn zu heirathen, wäre das Unglück nicht gekommen und wir plötzlich Alle verwaist gewesen. Er dacht' aber, wenn er mich nur erst hätte, das Glück und die Ehre, seine Frau zu sein, würde mir endlich schon einleuchten. Hätte doch Manche den kleinen Finger sich abgebissen, wenn sie damit den Verwalterssohn zum Mann bekommen hätte. Aber daß ich anders war als Andere, das lockte ihn gerade so lange, als er noch keine Gewalt über mich hatte. Sobald ich sein war, sollte ich gerade so sein, wie die Andern. Und am Ende wär' ich's auch geworden – hätte ich ein freies Herz gehabt. Aber das wußte er nicht, das merkte er nur an meinem Thun und Lassen, da ich gar nicht wieder munter wurde. Er neckte mich erst damit: so hätt' er sich's doch nicht vorgestellt, eine Lutherische zur Frau zu haben, und was so seine Reden mehr waren. Aber ich sah wohl ein, ich mochte thun, was ich wollte, immer war ich ihm noch nicht munter genug, so was man »lebfrisch« nennt, eine, mit der man sich zankt und verträgt, lacht und brummt, und gleich ist wieder gut Wetter, weil ihr nichts tief geht. Ich war das nicht gewohnt von meinem Vater her, ich sagt's ihm, er müsse Geduld haben, er versprach's auch manchmal, aber es ging ihm gegen die Natur.

Und einmal, eben da er mich heftig gescholten hatte, weil ich über ein paar von seinen wilden Kameraden und ihre unsauberen Reden nicht mitgelacht hatte, und er war aus der Thür gegangen, und ich dachte, ich wäre eine Weile allein – da hole ich mein Gesangbuch aus dem Kasten, wo ich Dein Bild drin aufbewahrte, Du weißt wohl, den schwarzen Schattenriß, den Du mir geschenkt hast, und sitze so in meine Erinnerung verloren über das Buch gebückt und die Thränen fließen mir ganz wohltätig auf das kleine Blatt, daß mir aller Kummer vom Herzen schmilzt und ich meine, ich sei weit, weit weg, bei Dir, auf Deinem Schiff oder im Urwald, von dem Du mir erzählt hast – plötzlich greift eine Faust mir über die Schulter ins Buch und packt das Bild, und wie ich entsetzt aufstarre, steht Er hinter mir, mit Augen und einer Miene – ich dachte, ich versänke in den Boden. Er war hereingekommen, da es ihm doch leid that, mich so hart angefahren zu haben, zumal in meinen Umständen, und hatte sich hinter mich geschlichen, zu sehen, was ich da läse. Wie er aber das Bild sah –

Ich will Dir nichts weiter davon erzählen. Er ist ein ganz Anderer in der Wuth – er weiß nichts von sich, wie ein Mensch, der zu viel Wein im Kopf hat; – aber als er ausgetobt hatte, und aus dem Zimmer gestürmt war, lag Dein Bild, in tausend Stücke zerfetzt, auf der Erde.

Seitdem, fuhr sie fort, sei es von Tag zu Tage trauriger geworden, denn auf sein heftiges Insiedringen: sie solle es nur gestehen, der Doctor, der alberne Gelehrte stecke ihr noch im Kopf, und darum könne sie nicht lachen und gehe herum mit einem Leichenbittergesicht – es sei vielleicht nicht recht oder doch nicht klug gewesen, aber sie habe es nicht übers Herz gebracht, mich zu verleugnen. Es sei wahr, habe sie gesagt, ich sei ihre erste Liebe gewesen, und sie brauche sich darum nicht zu schämen. Denn es habe sie nicht von ihrer Pflicht abwendig gemacht, und sie wolle ihm eine gute und treue Frau sein, wenn er nur auch sich besinnen und nichts von ihr verlangen wolle, was gegen ihre Natur sei. Aber es war nicht mehr in Güte mit ihm zu reden. Seitdem stak ihm der Nagel der Eifersucht im Kopf und machte ihn immer blinder und toller. Und als das Kind zur Welt kam – stellen Sie sich vor, er glaubte im Ernst oder redete sich doch vor, es zu glauben – das unschuldige Ding sei gar nicht sein Kind; der rechte Vater, von dem es hieß, er segle seit Jahr und Tag auf fernen Meeren herum, habe das Gerücht nur ausgesprengt, um desto sicherer irgendwo in der Nähe im Hinterhalt zu liegen und heimtückisch seinem alten Nebenbuhler Ehre und Hausfrieden zu stehlen.

Das war ihm nicht auszureden, denn er *wollte* einen Anlaß haben, seine Frau als die Schuldige vor sich selber hinzustellen, da er es nicht mehr ertrug, zu ihr hinaufzusehen und sich zu sagen, daß er ihrer nicht werth sei. Von da an begann das ganze wüste Wesen im Haus, die Gewalt, die der schlechte Gesell, der Mühlengehülfe, über ihn gewann, indem er den Zuträger und Horcher und bald auch den Kuppler machte, die Bekanntschaft mit der verrufenen Person auf dem Einödhof, all das, was die kleine Base aus dem Haus getrieben hatte. Und heute Abend, sagte die Afra, eine Stunde nach dem Nachtessen – er war wieder nicht zu Hause gewesen, sondern auf einer Hochzeit drunten in Fischbach, wo er mit seiner Freundin zusammengekommen war – und ich sitze allein bei unserm Kinde und denke tausend Sachen – da wird plötzlich die Thür aufgerissen und er taumelt mir über die Schwelle. So hab' ich ihn doch noch nie gesehen, so hat mir nie vor ihm gegraust. Er fällt auf die Bank hin und lallt, daß ich ihm Bier und Rum bringen soll; nach dem Kind zu sehen, fiel ihm auch in besseren Tagen nicht ein. Und während ich ihn bediene, ohne ein Wort zu sagen, und er wieder mir mein lutherisches Gesicht und mein heuchlerisches Kopfhängen vorwirft, sagt er plötzlich: Das muß anders werden, oder mein junges Leben wird mir verleidet, daß ich den ganzen Bettel hinter mich werfe, wie einen ausgetretenen Schuh. Richt das Gastzimmer her, morgen kriegen wir Besuch. Die Einodbäuerin – eben Die, mit der er es hielt – hat mir versprochen, ein paar Tage zu uns zu kommen. Sie hat so viel von dir gehört, sie möcht' deine Bekanntschaft machen. – Aloys, sagt' ich, du bist Herr im Haus; aber wo es die Hausehre gilt, hab ich auch ein Wort zu sagen. Wenn die Person zur Vorderthür hereingeht, – mein heiliges Wort darauf, Aloys, deine Frau geht zur Hinterthür hinaus. – Das sagt' ich, ganz nachdrücklich, aber ohne Heftigkeit. Er dauerte mich viel zu sehr in seinem armseligen Zustand, wo er sich selbst nicht mehr kannte. Aber es machte keinen Eindruck auf ihn. Oho, sagte er, das wollen wir erst noch sehen. Und wer dem Haus mehr Ehre macht von euch Beiden, fragt sich noch sehr. Ihr wenigstens kann Niemand nachsagen, daß sie's bei Lebzeiten ihres Mannes mit einem Andern gehalten hätte. – Ich will darüber nicht streiten, Aloys, sagt' ich, aber es bleibt dabei, unter Einem Dach mit Dieser soll kein Mensch mich halten. Und dabei wollte ich aus dem Zimmer gehen, um Streit zu vermeiden. Aber er war aufgesprungen und hielt mich, und sein ganzes Gesicht glühte und er schrie: Wenn du so eine Heilige sein willst, so schwöre mir, daß du mit keinem Gedanken mehr an den Doctor denken willst – willst du oder nicht? – Wie soll ich etwas schwören, sagt' ich, das nicht in meiner Macht steht? Gedanken sind zollfrei, und wenn es nur keine sündhaften Gedanken sind – – Schwöre, oder du stirbst! rief er und hob die Hand, als wollte er mich niederschmettern. Ich war eiskalt geworden vor Abscheu, sah ihn nur fest an und sagte: Geh schlafen, Aloys. Du weißt nicht, was du sprichst! – Dabei trat ich einen Schritt seitwärts, um ihn vorbeizulassen, daß er sich nebenan zu Bette legte. Aber er war allzusehr von seiner Hitze verwirrt, er wollte noch etwas sagen, als aber die Zunge es nicht mehr herausbrachte, da übermannte ihn der Zorn und – *er schlug nach mir!* – –

Er traf mich nicht hart, nur an der linken Schulter – ich hatte es kommen sehen und mich noch in die Ecke drücken können – und er verlor dabei das Gleichgewicht und taumelte zu Boden. Von dem Gepolter wurden die Leute in der Küche aufmerksam. Die alte Kathrin' und jener schändliche Bursch, der Mühlengehülfe, kamen hereingestürzt – der Herr ist hingefallen, sagt' ich. Tragt ihn in die Kammer und legt ihn auf sein Bette. – Dann ging ich aus dem Zimmer und setzte mich in die dunkle Kammer, wo mein Vater seine Modelle und Zeichnungen verwahrt hatte, und da erst brach der Jammer aus und ich weinte, als müßte ich meine Seele aus den Augen gießen, und dachte, ich würde sterben. Und da war's, daß ich dich rufen hörte, und jetzt danke ich Gott, daß ich noch am Leben bin, denn jetzt ist Alles gut!

Sie stand auf, als habe sie plötzlich ein verdächtiges Geräusch gehört. Gleichviel! sagte sie, nachdem sie eine Weile gelauscht hatte, mag es doch hören, wer es will, wen habe ich noch zu scheuen? Mein Mann lädt sich seine guten Freundinnen ein, warum soll ich meinen einzigen Freund aus dem Hause weisen? Was hab' ich davon gehabt, brav zu sein und mein Herz mit Füßen zu treten, weil es nicht gleich hat still schweigen und seine Liebe begraben wollen? Mein Kopfhängen hat man mir vorgeworfen, mein lutherisches Duckmäusern, und hat mir doch nicht getraut. Jetzt will ich *sein*, wie sie mich haben wollen, lustig und verliebt, und fünf gerade sein lassen, und wenn man mich schlägt, will ich's hinnehmen wie andere kluge Weiber, die schon wissen, wie sie sich dafür bezahlt machen. Alles hat seine Art und Manier, und man ist nur Einmal jung, und wenn ich das Glück, das mir der Himmel schickt nach all dem Kummer, selber von mir stoße, bin ich eine Närrin und verdiene, daß man mit Fingern auf mich zeigt. – Hörtest du nicht was vorbeischleichen? – Es werden die Katzen sein. – Es schläft ja auch Alles im Haus, bis auf die alte Kathrin' – und die hält zu mir, die hat es mir längst verdacht, daß ich mir Alles gefallen ließ und dazu schwieg. Es war auch dumm, man muß nicht besser sein wollen, als die Anderen, wenn man durch die Welt kommen will. O Wendelin, rief sie und schloß mich mit einem fieberhaften Ungestüm in die Arme, ich danke Gott für diesen Schlag; der hat meine Kette zerbrochen. Aber geh nun ins Haus! laß dir von der Kathrin' in dein Zimmer hinaufleuchten, du findest es noch, wie du es verlassen. Wendelin, drei Jahre hab' ich dich entbehren müssen, nun gehör' ich dir, und wenn die Welt darüber zu Grunde gehen sollte!

Sie preßte mich noch einmal heftig an sich, dann ließ sie mich los und flüsterte: Geh, geh, du sollst nicht lange auf mich warten. So trieb sie mich von sich weg, dem Hause zu.

Ich trat ein, ohne zu wissen, wie ich den Weg und die Thür gefunden. Es taumelte Alles um mich her, mein Mund brannte von ihrem letzten Kuß, ihre Worte summten mir in den Ohren. Als ich die Alte in der Küche sitzen sah, neben dem Herd, auf dem nur noch ein paar Kohlen glimmten, brachte ich kaum ihren Namen über die Lippen. Aber es schien, als ahne der getreue Hausgeist, was vorgefallen sei, und was mich hergeführt. Jesusmaria! rief sie mit halblauter Stimme, Sie sind's, Herr Doctor? Haben Sie denn nicht im Garten –

Ich nickte und legte den Finger auf den Mund. Bleibt nur ruhig, sagt' ich. Ich finde schon selber hinauf. – Damit tappte ich nach der Treppe, ich fand mich noch zurecht, wie wenn ich erst gestern das Haus verlassen hätte, und schlich so sacht die Stiege hinauf, daß keine Stufe knarrte. Und eben so behutsam öffnete ich die Thür und trat in das dunkle Zimmer.

Aber das Herz klopfte mir wunderlich, ich war solche Diebeswege nicht oft gewandelt, und nie in einem Hause, wo ich als Gastfreund aus- und eingegangen war. Und doch, ich will mich nicht besser machen, als ich bin: in meinem Gewissen rührte sich nichts.

Ich fand es ganz in der Ordnung, daß ich mir zueignete, was von Gottes- und Rechtswegen mir gehörte. Wenn der Andere inzwischen ein Recht darauf erworben hatte, hatte er's nicht selber verscherzt? Freilich, über diese Nacht hinauszudenken, fiel mir nicht ein. Wenige an meiner Stelle hätten so viel Besinnung gehabt, während sie mit Herzklopfen auf den Schritt ihrer Liebsten draußen auf der Treppe warteten.

So schlichen die Minuten. Ich stand endlich leise von dem Bett auf, auf das ich mich gleich beim Eintreten gesetzt hatte, und stahl mich auf den Zehen nach einem der Fenster hin, um frische Luft hineinzulassen, da das Zimmer lange nicht gelüftet worden war. Nun stand ich an dem offenen Fenster und horchte in das Rauschen der Wipfel hinaus und erfrischte meine schwülen Sinne an der Nachtkühle draußen. Immer ungeduldiger pochte mir das Blut in den Adern, ich riß ein Blatt von dem Birnenspalier ab, das sich draußen zwischen den Kreuzstöcken hinzweigt, und schlürfte die Regentropfen gierig ein, die daran hängen geblieben waren. Nie hatte ich die Qual des Wartens so peinlich empfunden, und endlich schien es mir, ich könne es nicht länger ertragen, ohne zu ersticken. Ich war eben im Begriff, wieder nach der Thür zu schleichen, um hinunterzugehen und zu fragen, ob sie mich vergessen; da öffnete sich – ich hatte in der Aufregung den Schritt auf der Treppe überhört – mit einem Lichtschimmer die Thür, und Afra trat herein, eine Kerze in der Hand, die mich jetzt erst ihre Züge deutlich wiedererkennen ließ.

Sie war bleicher geworden in diesen drei Jahren, aber es stand ihr gut, die Augen erschienen um so dunkler, ihre Stirn gegen das braune Haar freier und vornehmer. Ihre Figur hatte mehr Fülle bekommen, ihre Hand, mit der sie den Leuchter hielt, schien mir weißer als vordem. Aber was mir seltsam auffiel: sie hatte eine Art Mantel um die Schulter gehängt und ein braunes Tuch um den Kopf gebunden. Und vorhin im Garten – ich wußte es nur zu gut, ich hatte ihr bloßes Haar zwischen den Händen gefühlt – da wäre ein Kopftuch doch nötiger gewesen gegen den rauhen Nachtwind.

Du kommst spät, flüsterte ich, indem ich hastig zu ihr hintrat. Ich habe schon gedacht, es sei ein Unglück geschehen, oder – was das schlimmste Unglück gewesen wäre – du hättest dir's anders überlegt. Nun, Gottlob, daß du da bist. Komm, ich will dir das Licht abnehmen – (dabei zitterte ich, daß ich dachte, ich würde den Leuchter fallen lassen) – und nun leg den Mantel ab, und warum hast du den Kopf so verbunden? Komm, ich muß es dir hier bequem machen.

Sie war ganz bewegungslos nicht weit von der Thür stehen geblieben und sah ernsthaft vor sich hin. Laß es nur sein, Wendelin, sagte sie. Ich muß doch bald wieder gehen.

Morgen vor Thau und Tage, raunte ich ihr ins Ohr und schlang den Arm um sie. Bis dahin aber –

Sie wehrte mir ab und trat einen Schritt zurück. O Wendelin, sagte sie, ich bin ein armseliges Weib. Mache du mir's nicht noch schwerer, was ich thun muß und ohnehin kaum überstehen kann.

Bist du bei Sinnen? rief ich. Hast du vergessen, was du mir vor keiner halben Stunde gesagt und versprochen hast? Ist's etwa anders seitdem geworden? Oder hast du dir's überlegt, daß ich dir wirklich inzwischen gestorben bin und daß man einem Gespenst nichts mehr schuldig ist? Sag's, wenn dein Herz kalt genug dazu ist, und ich – ich will mich nicht lange bitten lassen, dem Spuk ein Ende zu machen und in die Nacht hinauszugehen, so weit meine Füße mich tragen.

Ich war vor sie hingetreten und hatte das Licht ergriffen, als müsse ich ganz genau ihre Züge betrachten, um klar darüber zu werden, wie sie es meine. Da sah sie mich mit einem ihrer Blicke an, die ich nur allzu gut kannte. Wenn sie einen ganz festen Entschluß gefaßt hatte und mit ihrem Willen im Reinen war, dann sah sie einen so an, und dann konnte man nichts mehr über sie gewinnen.

O Wendelin, sagte sie, ich dächte, du hättest es empfunden, drunten im Garten, daß du mir lebst, wie sonst nichts auf der Welt, und daß, wenn mein Herz auch ganz kalt wäre, nur ein Blick von dir es wieder hell darin aufbrennen ließe. Und wenn du *allein* für mich lebtest, nicht noch *etwas Anderes*, ich thäte Alles für dich, ich opferte dir Alles, meine Pflicht, meine Ruhe, mein Gewissen. Aber siehst du, wie ich schon auf dem Wege war zu dir und gehe nur noch in das große Zimmer unten, ein Licht anzuzünden, und mir schauert, weil ich aus der Kammer nebenan meinen Mann aus dem Traum reden höre, wilde, gottvergessene Worte – da hör' ich plötzlich noch Etwas im Zimmer selbst, dicht neben mir – ein Stimmchen, Wendelin, das ganz hell an mein Ohr schlägt, und da ich mit zitternden Händen Licht gemacht hab', seh' ich die Wiege meines Kindes noch am Fenster neben der Bank stehen. Die Kathrin' hatte vergessen, sie, wie sonst, in die Kammer zu tragen, vielleicht auch gedacht, ich wollt' bei dem wüsten Mann die Nacht nicht bleiben, lieber hier draußen. Und da war das Kind, das Durst hatte, aufgewacht und sah mich mit seinen großen Augen an – o Wendelin, der Blick! Und geschwinde stellte ich das Licht aus der Hand, um ihm die Flasche zu geben und es wieder einzuwiegen. Aber wie ich's so auf dem Schooß hatte – immer noch sah es mich an unter dem Trinken, ich hab' nie einen solchen Ausdruck auf dem kleinen Gesicht gesehen. Und erst nach und nach, da ich ihm leise zusprach, schloß es wieder die Augen, und dann that es einen tiefen Athemzug, ordentlich wie ein Erwachsenes, dem es wieder leicht ums Herz wird, als ob es verstanden hätte, was ich leise ihm besprach. Und dann legte ich es in seine Kissen zurück und horchte eine Weile – und dann war es wieder eingeschlafen.

Und *was* hast du ihm versprochen, Afra? stammelte ich, nachdem ich lange umsonst mich bemüht hatte, meiner Bewegung Meister zu werden.

Daß es sich seiner Mutter nicht soll zu schämen haben, Wendelin, daß seine Mutter, wenn sie auch ein unglückliches Weib ist, doch nimmer ein schlechtes werden will. O, mein Liebster, mache mir kein böses Gesicht und sieh nicht so finster von mir weg, wenn ich jetzt zum zweiten Mal dir Hoffnungen gemacht habe und sie dann nicht erfüllt. Siehst du, ich habe es mir ganz klar überlegt, ich muß nun aushalten. Wenn er wüst zu mir ist und mich schlecht behandelt, hab' ich's nicht selbst verschuldet? Das Herz war nicht dabei, als ich ihm meine Hand verlobt hab'. Wie soll nun *sein* Herz nie an mir irre werden? Mach' *ich* ihn etwa so glücklich, wie ich's ihm doch vor Gott zugeschworen hab'? Und wenn ich ihn jetzt betrügen kann, geb' ich ihm dann nicht Recht, daß er es überhaupt je mir hat zutrauen können? Mit welchem Gesicht soll ich ihm wieder vor die Augen treten? Wie soll ich mein Kind wieder ansehen, wenn es so unschuldig mich anlacht und größer wird und von seiner Mutter wissen will, was Gut und Böse ist?

Still! unterbrach ich sie plötzlich. Hast du nicht ein Scharren oder Knistern gehört, da oben über dem Ofen, als ob Jemand auf dem Speicher herumschliche? Wir lauschten eine Weile. Es ist nichts, sagte sie, oder höchstens die Kathrine, die vielleicht noch Kindswäsche herunterholt.

Nein, nein, sagt' ich, es hantiert Jemand da am Kamin. Du weißt, daß oben an dem Loch im Schlot jedes Wort zu hören ist, wenn die Ofenklappe nicht zu ist. Laß sie mich erst schließen, oder sprich wenigstens leiser.

Und sie, mit einem Blick voll Trauer und Vorwurf: Warum sollen wir leiser sprechen? Ist das etwas Heimliches, was wir miteinander haben? Jeder kann es hören, daß mein Kind mich von einem großen Unglück gerettet hat: zu allem Kummer noch eine Sünde auf mich zu laden. Ich weiß aber auch, daß ich Fleisch und Blut habe und daß die Nacht lang ist und der Versucher wacht, ob er nicht doch eine Seele zu Fall bringe. Darum will ich das Haus verlassen, Wendelin. Meine Halbschwester ist eine Stunde von hier verheirathet und gerade im Kindbett. Sie hat einen braven Mann, aber eben nichts übrig, und ich dachte ihr morgen einen Korb mit allerlei Leinenzeug und etwas zur Stärkung zu bringen. Das will ich heute noch thun.

Heute noch? rief ich. In dieser finstern Nacht? Ich lasse dich nicht fort – es könnte dir irgend etwas zustoßen unterwegs –

Da lächelte sie zum ersten Mal wieder, aber nur einen Augenblick und sehr schmerzlich. Sei ganz ruhig, sagte sie, ich finde meinen Weg, und Schlimmeres kann mir draußen nicht zustoßen als hier. Hast du mich ja sonst deine Pfadfinderin genannt! Also gute Nacht, lieber Freund, und nun wieder Lebewohl für immer. Du darfst nie wieder kommen, du magst nun von mir hören, was du willst, es sei denn, ich schriebe dir selbst und bäte dich zu kommen. Aber so schlimm wird es ja nie werden. Und siehst du, wenn ich jetzt gehe, und mein Mann besinnt sich morgen, warum ich wohl gegangen bin, obwohl du zu Nacht hier warst – er hat kein schlechtes Herz, es ist nur verwildert und verirrt – vielleicht findet auch er sich wieder auf den rechten Weg zurück und schämt sich, daß er mich so verkannt hat. Hab gute Nacht! Nein – du darfst mich nicht umarmen – nur die Hand wollen wir uns geben – so! und nun behüt' dich Gott, Wendelin! Er wird's *wohl* machen.

Damit nahm sie meine Hand, die ich unschlüssig ihr hinreichte. Afra! rief ich – nur noch ein Wort – nur noch eine Bitte –

Sie schüttelte aber den Kopf, wandte sich von mir ab und ging mit festen leisen Schritten aus der Thür, mich in einer Betäubung zurücklassend, in der ich zuerst kein Glied rühren konnte. Ich hörte sie, immer mit demselben gleichmäßigen Schritt, die Treppe hinuntergehen, drunten noch ein paar Augenblicke ins Zimmer treten, wahrscheinlich um noch einmal nach dem Kinde zu sehen, und dann die vordere Hausthür aufklinken, die auf die Landstraße führt. Da erst fuhr ich zusammen, als sprängen hundert Fesseln von meinen Gliedern. Sie ging, ging wirklich in die kalte, schaurige Nacht hinaus, es war das letzte Mal, daß ich ihre Stimme gehört und ihr ins Auge gesehen hatte – und jetzt ließ ich sie das Haus verlassen und sollte mich ins Bett legen und die Decke über den Kopf ziehen, während dieser Engel –

Nein, ich konnt' es nicht übers Herz bringen, ich mußte hinuntereilen, ihr nach, sie zurückhalten – ihr sagen – ich wußte nicht was – aber nur noch ein einziges Mal ihre Hand fassen.

Und so stürze ich nach der Thür, reiße sie auf und will nach der Treppe. Da seh' ich im Flur draußen – die Kerze im Zimmer gab gerade Licht genug, daß ich ihn gleich erkennen konnte – ihren Mann, den Aloys, stehen, die Füße in Pantoffeln, sonst noch in den Kleidern, wie er von der Hochzeit gekommen war. Nur ein Jagdgewehr, eine Doppelbüchse, hatte er über die rechte Schulter gehängt, und die Haare, wie nach einem wüsten Schlaf im Rausch, starrten ihm wild um die Schläfen.

Er war todtenblaß, die Augen geröthet, die Lippen verzerrt und von dem schmucken Burschen, den ich ehemals gekannt, wenig mehr an ihm zu entdecken.

Er war es also gewesen, den ich über uns auf dem Speicher neben dem Ofenkamin gehört hatte. Das war mir auf der Stelle klar, und er wußte also, was ich mit der Afra geredet hatte. Erst später habe ich erfahren, wie es damit zugegangen war. Der Mühlenknecht, sein Verbündeter, hatte aus seiner Dachkammer gesehen, wie ich in den Garten gekommen und von der Frau empfangen worden war. Als sie dann zu mir hinauf ging, war er zu dem schlafenden Mann geschlichen und hatte ihm ins Ohr geschrieen: Steht auf, Meister! Der

Doctor ist im Haus, und die Frau ist bei ihm. Das hatte den Schwerumnebelten plötzlich ernüchtert wie ein eisiges Sturzbad.

Er hatte die Büchse von der Wand gerissen und war auf den Zehen nachgeschlichen, die Bodentreppe hinauf an den Lauscherposten. Hören wollte er, wie weit das schamlose Weib sich vergessen würde, und dann im rechten Augenblick, wenn kein Zweifel an ihrer Schuld und keine Beschönigung mehr möglich wäre, wollte er wie ein Blitz vom Himmel hineinwettern und sie und mich ohne viel Redensarten über den Haufen schießen.

Nun war der schöne Plan ihm zu Schanden geworden. Ich sah, daß Beschämung und Haß gegen mich in ihm kämpften. Und freilich hatte ich selbst nicht die beste Sache und das glatteste Gewissen ihm gegenüber. Aber ich war doch mehr Herr meiner selbst, als er, und konnte zuerst zu Worte kommen.

Ihr seid es, Aloys? sagt' ich. Was sucht Ihr hier? Eure Frau? Die hat schon das Haus verlassen, und wenn sie nie wiederkommt, so wißt Ihr, wer die Schuld hat. Wollt Ihr Jagd auf sie machen, daß Ihr die Büchse mitgenommen habt? Thut's nur! Es ist am Ende besser, Ihr wendet eine Kugel daran und helft ihr auf einmal aus der Welt, als daß Ihr fortfahrt, wie ein unsinniger Wütherich ihr das Leben zu verbittern. Und dann zeigt Ihr Euch wenigstens vor allen Leuten mit Eurem wahren Gesicht, und es wird Euch zu Theil, was Ihr längst verdient habt, statt daß Ihr jetzt all Eure Gräuel ungestraft verübt, da das fromme Weib, der Märtyrerengel, sich lieber die Zunge abbisse, als Euch verklagte.

So fuhr ich noch eine Weile fort, und bei jedem Wort, das ich sagte, schien er mehr in sich zusammenzubrechen, und seine Zähne knirschten hörbar, wie bei einem Menschen, den ein Reuefrost schüttelt. Aber er nahm sich noch einmal zusammen, vielleicht weil er unten im Hause die Schritte seines Spießgesellen, des Mühlenknechts, hörte und sich schämte, daß er, als Herr im Hause, sich so den Text lesen ließ.

Heiliges Gewitter! rief er plötzlich und reckte sich in den Gliedern, indem er zugleich das Gewehr gegen den Boden stieß – bin ich denn noch der Aloys und Ihr – kenn' ich Euch nicht und weiß nicht, was Euch hieher geführt hat? Und Ihr wollt mir mores machen, Ihr mir predigen, was ich thun und lassen soll mit meinem

Weibe? Ist sie etwa nicht mein, ein Anderer Herr über sie, als ich? Was an ihr ist, wer weiß das besser als ich, und wer braucht mir's zu sagen? Aber was an Euch ist, und was Ihr hier zu suchen gehabt, darum brauch' ich auch nicht erst die sieben Weisen Griechenlands zu befragen, das kann ich mit Händen greifen, und mag ich gegen meine Frau Schuld haben oder nicht, mit Euch, mein Lieber, will ich reine Rechnung machen und wenn Ihr jetzt nicht auf der Stelle mein Haus räumt und Euch je wieder hier blicken laßt –

Er hob die Büchse, als wollte er mir mit dem Schaft die Wege weisen. Das machte mich wild.

Armseliger Wicht, fuhr ich ihn an, geh' in dich und danke Gott, wenn noch ein honetter Mensch sich in deinem Hause blicken läßt. Heute Nacht geh' ich freilich; unter Einem Dache mit einem Rasenden zu bleiben, der, wenn's ihm einfällt, einen Wehrlosen im Schlaf überfällt und erwürgt, dazu ist mir mein Leben noch zu lieb. Aber das Wiederkommen verschwör' ich nicht. Denn wenn es kein Gericht und keine Behörde giebt, bei der man einen Mann verklagen kann, der seiner Frau das Leben verleidet, nun so muß ein alter Freund sich ihrer annehmen. Und darum verlaßt Euch darauf, Aloys: was Ihr von jetzt an ihr zu Leide thut, jedes schnöde Wort und jeder böse Blick, womit Ihr sie peinigt, wird mir gemeldet werden, und wenn Ihr Euch je wieder so weit vergäßet, die Hand gegen diesen Engel aufzuheben und die heilige Dulderin, der ihr nicht werth seid die Schuhriemen aufzulösen, mit der Faust fühlen zu lassen, an welch einen rohen Tölpel sie sich weggeworfen hat –

Ihr lügt! rief er wie außer sich dazwischen. Oder sie hat Euch belogen. Wer kann sagen daß ich sie jemals – nein, nein – es ist eine niederträchtige Lüge!

Es ist *wahr*, Aloys, so wahr wie Alles, was jemals von den Lippen dieser Frau gekommen ist. Wenn Ihr selbst es jetzt nicht glauben wollt, nun, so macht es Euch Ehre, daß Ihr wenigstens nüchtern verabscheut, was Ihr im Rausch gethan habt. Aber wer steht mir dafür, daß dieser Rausch der letzte war und daß Ihr in Eurem nächsten nicht noch bestialischer um Euch wüthet? Sagt selbst, Aloys –

Aber ich merkte, daß er mich nicht mehr hörte. Der Gedanke, sie geschlagen zu haben, und daß sie trotzdem ihr Herz bezwungen und die Ehre des Hauses nicht preisgegeben hatte, schien mit einer furchtbaren Gewalt ihn niederzuschmettern. Das Gewehr glitt ihm aus den Händen, er fuhr, wie wenn ihm schwindlig würde, mit den Armen nach seinem Haupt und taumelte ein paar Schritte zurück nach der Bodentreppe zu. Da, halbbewußtlos, ließ er sich auf die Stufen nieder, als brächen ihm plötzlich die Kniee. Und so saß er, die Stirn in beide Hände gestützt, mühsam athmend und Worte zwischen den Zähnen murmelnd, die ich nicht verstand.

Ich muß gestehen, er dauerte mich, so feindselig noch eben meine Stimmung gewesen war. Ich sah aus allen Zeichen, wie er noch immer an der Frau hing und wie Alles, was vorgefallen war, seine bessere Natur in der Tiefe aufrüttelte.

Ich will jetzt gehen, Aloys, sagte ich nach einer Weile. Schlaft Euren Rausch vollends aus, und morgen, wenn Ihr bei klarem Verstande seid und Alles überlegen könnt, was diese Frau für Euch gethan hat, und was so manche andere an ihrer Stelle gethan haben würde, so geht in Euch und fangt ein neues Leben an und bedenkt, was Ihr einer solchen Frau schuldig seid. Daß ich sie Euch nicht gönne, das kann und will ich nicht leugnen. Der beste Mann wäre gerade gut genug für sie, und wir Beide, besonders aber Ihr, lassen viel zu wünschen übrig. Ich aber hätte wenigstens mein Leben daran gesetzt, sie glücklich zu machen, so gut ich gekonnt hätte, und daß ich nun sehen muß, wie Ihr statt dessen –

Er machte eine Bewegung, als wollte er mich bitten, nicht weiter zu reden. Ein dumpfes Stöhnen wie von einem Schwerkranken kam von seinem dunklen Winkel her.

Nun, ich will sehen, was Ihr thut, sagt' ich. Ihr seid einmal ihr Mann und habt selbst gehört, wie ernst es ihr damit ist, Eure Frau zu sein. Wenn Ihr von heut an thut, was in Euren Kräften steht, – es bleibt dabei, daß ich ein Auge auf Euch habe – so will ich's Euch vergeben, was Ihr bisher an ihr gefrevelt habt – und wir können noch einmal gute Freunde werden. Gute Nacht, Aloys! Und gute Besserung!

Damit schritt ich an ihm vorbei und stieg die Treppe hinab. Die Alte sah ich unten durch die halboffene Küchenthür. Sie saß am Herd und trocknete ihre Augen mit der Schürze, und überhörte mein Weggehen. Von dem Mühlenknecht war nichts zu hören und zu sehen.

*

Ich übernachtete im Dorf unten, in der Post. – In der Mühle, sagt' ich, hätte Alles geschlafen und ich hätte Niemand mehr herausklopfen mögen. Auch hätte ich nicht ungegessen zu Bett gehen wollen. Doch hatte ich Noth, mich nicht selber Lügen zu strafen, da ich kaum einen Bissen hinunterbrachte. Zum Glück war ein Hund in der Gaststube, der meine Portion heimlich aus dem Wege räumte. Dann ließ ich mir ein Zimmer aufschließen und ging gleich zu Bett.

Meine Glieder waren so ziemlich gerädert, aber ich konnte erst lange nach Mitternacht Schlaf finden, und beim ersten Hahnenschrei fuhr ich aus den ängstlichsten Träumen auf und war gleich wieder in den Kleidern.

Es hatte sich über Nacht ausgestürmt, und obgleich die Sonne noch nicht herauf war, konnte man an dem silbergrauen Duft über den Wäldern und der Stille der Luft doch schon merken, daß ein heiterer Tag anbrechen würde. Auch lag ein zarter Reif über den Wiesen, und eine scharfe Kühle wehte mich an, als ich den Kopf zum Fenster hinaussteckte, meine heißen Augen mit einem Luftbade zu erfrischen. Mein Fenster ging auf die Landstraße, die ich wohl eine Viertelstunde aufwärts übersehen konnte. Noch war sie ganz öde; nur die Spatzen fingen an, sich um ihr Frühstück zu bekümmern. Um so mehr verwunderte ich mich, auf einem kleinen Wagen, der von der Gegend der Schneidemühle munter heranrollte, neben dem Mann, der das Pferd lenkte, etwas Weißes sich bewegen zu sehen, das, je näher es kam, immer unverkennbarer einem ganz jungen Kinde glich, sorgsam in Tücher eingewickelt, aber doch wohl besser in seinem Bettchen verwahrt, als in dieser Morgenfrische auf dem Sitz eines halboffenen Wagens. Wie ich mir aber jetzt den Mann daneben genauer ansah, reimte ich mir im Augenblick Alles zusammen. Er sah ein wenig anders aus, als gestern Nacht, wo wir uns bei einer zweifelhaften Kerze zwischen Thür und Angel begrüßt hatten. Sehr sauber gewaschen und gebürstet schien er und Alles, was er an sich hatte, und auf seinem Gesicht, so nachdenklich er vor sich hinsah, war keine Spur von Rausch mehr zu finden. Manchmal sogar, wenn er sich zu dem Kinde wandte, das die

Aermchen spielend nach oben streckte und nach der Peitschenschnur griff, konnte er ganz an den Aloys von vor drei Jahren erinnern, den ich für einen sehr gefährlichen Nebenbuhler gehalten hatte. Aber er war nicht mehr so eitel auf sein Gesicht, wie damals. Er verließ sich nicht mehr allein darauf, sondern hatte sich ein anderes Gesicht zum Bundesgenossen ersehen, von dem er wußte, daß man ihm nichts abschlagen konnte. Und immer, wenn ihm selbst bange werden wollte, ob er den Zweck seiner Fahrt auch erreichen und das schwer gekränkte Herz sich wieder versöhnen würde, sah er nur das kleine Gesicht neben sich an und knallte dann von Neuem ermuthigt mit der Peitsche.

Gerade unter meinem Fenster fuhren sie vorbei. Ich hätte ganz leicht einen guten Morgen und einen Gruß an die Afra hinunterrufen können. – Aber es wollte mir doch nicht von den Lippen. Als Vater und Kind mir aus den Augen waren, ging ich in den Stall hinunter, sattelte meinen Gaul und ritt langsam den Weg nach der Stadt zurück.

*

Ich hätte nur noch ein paar Stunden zu warten brauchen, so hätte ich das Wägelchen können heimkehren sehen und diesmal das Kind nicht mehr als ein kleines Packet auf dem Wagenkissen, sondern auf dem Schooß der Mutter. Schelten Sie mich immerhin einen schlechten Kerl – aber ich war noch nicht selbstlos und neidlos genug, um dem alten Rivalen das Lächeln zu gönnen, das dabei wahrscheinlich über das blasse Gesicht seines Weibes glänzte, heller als die eben aufgehende Sonne.

Desgleichen war ich auch nicht hochherzig genug, mich sonderlich über die Ehre zu freuen, die man mir übers Jahr anthat, indem man mich auf der Schneidemühle zu Gevatter lud, bei einem zweiten Töchterlein. Der Aloys schrieb mir zwar einen sehr wackern Brief, der von weit mehr Feinheit der Empfindung zeugte, als ich in ihm gesucht hatte, und lud mich auch im Namen seiner Frau herzlich ein, selbst zur Taufe zu kommen. Indessen – man ist auch ein Mensch; die Patenschaft nahm ich zwar mit Dank an, aber meinen Besuch schob ich noch ein paar Jahre hinaus. – Ultra posse – wissen Sie wohl. Und sie verstanden es auch und verdachten mir's nicht. Der Afra war es sicherlich lieb, daß ich mein Pathenkind erst all seine Zähne bekommen ließ, eh' ich meiner Frau Gevatterin in Person wieder vor die Augen trat.

Jetzt sind wir über alle Jugendthorheiten hinaus. Wie sehr ich hier zu Hause bin, haben Sie heute selbst mit angesehen, und mein Gevatter, mag er auch damals mich aus der Welt gewünscht haben, jetzt gönnt er mir mein bescheidenes Plätzchen sogar unter diesem Dache. Er kann es auch getrost. Er hat aus sich gemacht, was überhaupt nur ein Mensch von seinen Gaben aus sich machen kann, und wenn er noch immer Ursache hat, zu seinem Weibe hinaufzusehen, jetzt braucht er sich dessen nicht mehr zu schämen. Denn erstens, selbst ein alter Weltumsegler wie ich hat noch keine Zweite gefunden, die es mit ihr aufnähme, und dann – ist es nicht ein ganz natürliches optisches Gesetz, daß man zu einem Menschen hinaufsehen muß, den man auf Händen trägt?

 tredition®

Über tredition

Eigenes Buch veröffentlichen

tredition wurde 2006 in Hamburg gegründet und hat seither mehre-re tausend Buchtitel veröffentlicht. Autoren veröffentlichen in we-nigen leichten Schritten gedruckte Bücher, e-Books und audio-Books. tredition hat das Ziel, die beste und fairste Veröffentli-chungsmöglichkeit für Autoren zu bieten.

tredition wurde mit der Erkenntnis gegründet, dass nur etwa jedes 200. bei Verlagen eingereichte Manuskript veröffentlicht wird. Da-bei hat jedes Buch seinen Markt, also seine Leser. tredition sorgt dafür, dass für jedes Buch die Leserschaft auch erreicht wird.

Im einzigartigen Literatur-Netzwerk von tredition bieten zahlreiche Literatur-Partner (das sind Lektoren, Übersetzer, Hörbuchsprecher und Illustratoren) ihre Dienstleistung an, um Manuskripte zu ver-bessern oder die Vielfalt zu erhöhen. Autoren vereinbaren direkt mit den Literatur-Partnern die Konditionen ihrer Zusammenarbeit und partizipieren gemeinsam am Erfolg des Buches.

Das gesamte Verlagsprogramm von tredition ist bei allen stationä-ren Buchhandlungen und Online-Buchhändlern wie z. B. Amazon erhältlich. e-Books stehen bei den führenden Online-Portalen (z. B. iBookstore von Apple oder Kindle von Amazon) zum Verkauf.

Einfach leicht ein Buch veröffentlichen: **www.tredition.de**

Eigene Buchreihe oder eigenen Verlag gründen

Seit 2009 bietet tredition sein Verlagskonzept auch als sogenanntes "White-Label" an. Das bedeutet, dass andere Unternehmen, Institutionen und Personen risikofrei und unkompliziert selbst zum Herausgeber von Büchern und Buchreihen unter eigener Marke werden können. tredition übernimmt dabei das komplette Herstellungs- und Distributionsrisiko.

Zahlreiche Zeitschriften-, Zeitungs- und Buchverlage, Universitäten, Forschungseinrichtungen u.v.m. nutzen diese Dienstleistung von tredition, um unter eigener Marke ohne Risiko Bücher zu verlegen.

Alle Informationen im Internet: **www.tredition.de/fuer-verlage**

tredition wurde mit mehreren Innovationspreisen ausgezeichnet, u. a. mit dem Webfuture Award und dem Innovationspreis der Buch Digitale.

tredition ist Mitglied im Börsenverein des Deutschen Buchhandels.

Dieses Werk elektronisch lesen

Dieses Werk ist Teil der Gutenberg-DE Edition DVD. Diese enthält das komplette Archiv des Projekt Gutenberg-DE. Die DVD ist im Internet erhältlich auf **http://gutenbergshop.abc.de**

FSC
www.fsc.org
MIX
Papier | Fördert
gute Waldnutzung
FSC® C083411

Zeitfracht Medien GmbH
Ferdinand-Jühlke-Straße 7
99095 Erfurt, Deutschland
produktsicherheit@kolibri360.de